汚れた聖女《マドンナ》

浜田文人

ハルキ文庫

JN181525

角川春樹事務所

汚れた聖女《マドンナ》

【主な登場人物】

斉藤　雅人（29）　ホットドッグ店店主　元三好組組員
山口　詩音（33）　街金の契約社員
石川　洋（43）　新宿署組織犯罪対策課　巡査部長
塚田　安彦（38）　同　同
武見　彰充（52）　山岸組　若頭
高木　良子（40）　ネットカフェの住人
井上　真衣（32）　同
河合　美和（28）　ネットカフェの住人

千切りのキャベツを敷き、ソーセージをはさむ。チリソースをたっぷりかけ、仕上げにこまかく刻んだパセリをふりかけて三角形の紙容器に包んだ。

「お待たせしました」

斉藤雅人《さいとうまさと》は両手を伸ばした。

スーツ姿の若者が受け取り、その場でホットドッグに食いついた。

「熱い。けど、うまいです」

「だろう」となりの中年男が笑顔で言った。手にはカレー味のホットドッグがある。「このカレーも、ピクルス入りのマスタードもなかなかのもんだ」

中年男のほうは常連客だ。週に一度は顔を見る。だが、名前は知らない。店の前に立ち止まり、ものめずらしそうな顔で注文したのは憶えている。同僚か部下か、いつも連れがいて、日付が替わる時刻に立ち寄ってくれる。

固定電話が鳴った。

雅人は、相手の番号を確認してから子機を耳にあてる。

「神田ドッグです」

《フラミンゴよ》女が言った。《チリ三つとカレー二つ》

「ありがとうございます」

《どれくらいかかる》

「五分ほどです」

通話を切った。

「出前もしてるの」

常連客が訊《き》いた。

「いいえ。取りに来ていただいてます」

店は六平米、四畳弱のひろさだ。道側に縦幅五十センチの調理台、右側には三基のガスコンロとソーセージを焼くローラーグリル、左奥には小型の冷蔵庫を配している。商品は三種類のホットドッグだからそれで充分だ。入口はビルのエントランス側にある。

以前は煙草《タバコ》屋だった。JR神田駅近くの路地角、古い四階建て雑居ビルの一階にある。煙草屋の老婆はビルの所有者で、目と耳が不自由になり煙草屋を廃業した。使い勝手が悪い間取りで借り手があらわれず、半年ほどシャッターを下ろしていたという。

雅人には手頃な物件だった。ひとりでやるにはちょうどいい。おにぎりか焼きそばか。あれこれ思案した末、ホットドッグに決めた。

「そうか」中年男が悔しそうに言う。

「教えてくれりゃそうしたのに」

「すみません」

「こんど頼むよ」

中年男が店名を口にした。なじみの店なのだろう。

「よろしくお願いします」

雅人は、話しながらも手を動かした。ローラーグリルに五本のソーセージを載せる。

「置いとくよ」

言って、二人連れが去った。付台に八百円ある。三品どれも四百円だ。

ほどなくして花柄のカクテルドレスを着た女がやってきた。チャイニーズバー『フラミンゴ』のホステスだ。このあたりは中国からの出稼ぎ女が大勢いる。

「蒸し暑いね」

女の日本語は流暢《りゅうちょう》だ。

どんよりとした日が続いている。九月に入ってから停滞していた雨雲は去った。

雅人は商品の入った紙袋を付台に置いた。女は二千円を置き、紙袋を手にする。

「毎度、ありがとうございます」

笑顔で言った。開店から半年が経《た》ち、接客もずいぶん慣れた。

女が急ぎ足で去った。

雅人は置時計を見た。あと十三分で午前〇時になる。山手線と中央線の最終電車の時刻が過ぎても営業する。風俗営業店は午前一時までと都条例で定められているが、バーやサロンは客がいれば営業を延長している。とくに出稼ぎ根性が逞《たくま》しいアジア人経営の店は、ドアに鍵をかけて営業を続ける。このあたりは始発電車の時刻や出勤時刻までインターネットカフェやマンガ喫茶を利用する者もすくなくない。

丸椅子に座って煙草を喫《す》いつけた。一日の最後の稼ぎ時は午前一時前だ。帰宅する気の失《う》せた連中が夜食をとる時間帯である。

「お願い、助けて」

ひきつった声がした。

接客窓に女の顔がある。三十歳くらいか。見覚えはない。額に汗がにじんでいる。

「あぶない男に追われてる」

すがるようなまなざしだった。

「通路から入れ」

女が入ってくると、カウンターの下を指さした。

「もぐってろ」

女が腰をかがめた。黒のトートバッグを抱いている。

雅人は椅子を女のほうに寄せ、道路を見渡した。

三人の男が周囲に目を光らせながら近づいてきた。

神田界隈《かいわい》を島に持つ興神会《こうじんかい》の連中だ。二人は見知っている。ベージュのジャケットを着たのが若頭の西田《にしだ》で、柄シャツの胸をはだけた乾分《こぶん》の中本《なかもと》はときどきホットドッグを買いにくる。もうひとりのスーツ姿の男は見覚えがなかった。

「おい」西田が凄《すご》むように言った。「三十過ぎの、髪の長い女を見たか」

「いつごろですか」

雅人は丁寧に訊いた。

「この一、二分だ」

「お客さんが途切れて、一服していました」

「そんなことは訊いてない。見たんか、見てないんか」

「見てません」

西田がジャケットのポケットに手を入れた。

「この女だ」カウンターに写真を置く。「見かけたら事務所に電話しろ」

「わかりました」

おだやかに答えた。よけいな会話や質問は命取りになりかねない。やくざ者のやり方は身体《からだ》に沁《し》みついている。

「頼んだぜ」

西田が背をむけ、中本に声をかける。

「もうひとまわりしてこい。そこら中の客引きに写真を配れ」

中本が飲食街のほうへ駆けだした。

「近藤《こんどう》さん、事務所で待っとしようぜ」

近藤と呼ばれた男が頷《うなず》き、西田と肩をならべて歩く。

雅人は、二人の後姿が見えなくなってから、前を見たまま声をかけた。

「逃げろ。裏から逃げれば見つからん」

「だめ」女が小声で言う。「ほかにもいるはずだから」

たしかにそうだろう。西田の形相からして組員を総動員したと思える。興神会は、指定暴力団・東輝会《とうきかい》の直系、山岸組《やまぎしぐみ》の下部組織である。十一名の組員がいる。三次団体としては多いほうで、カネになるしのぎを持っているという証《あかし》だ。

「なにをやらかした」

「ミスった」

忌々しそうなもの言いだった。

雅人は視線をさげた。

女はバッグを胸に、膝をかかえてうずくまっている。見あげる女の目から先ほどのおびえの気配は消え、気の強そうな顔になっていた。

「仕事は」

女が眉をひそめた。

「OLよ」

「OLがどんなミスをやらかせば、やくざに追われる」

女が顎をしゃくる。

「見せろ」

雅人はバッグをひったくった。

「なにするの」

女が声を荒らげ、奪い返そうとする。

「うるさい」低く怒鳴った。「大声をだすな。ここでおまえが見つかれば、匿《かくま》った俺もただでは済まん」

なおも奪い返そうとする女の腕を払いのけ、バッグのファスナーを開いた。

帯封された百万円の束が三個、乱雑に入っている。その下は衣類か。中をさぐろうとしたところに声がした。

「儲《もう》かってるかね」

五十年配の男が立っている。

雅人は、気づかれぬように膝のバッグをおろした。

「ぼちぼちです。坊垣《ほうがき》さんは、まだお仕事ですか」
坊垣六男《むつお》は万世橋署生活安全課の巡査部長だ。『神田ドッグ』を開店するさい世話にな
った。歓楽街を担当する生安部署は横柄な態度の連中が多いけれど、坊垣は物腰がやわら
かく、もの言いもおっとりして親しみを覚える。
「署に引きあげるつもりだったのだが……」声を切り、ズボンのポケットから小銭入れを
取りだした。「チリドッグを」
坊垣が横にあるドリンクの自動販売機に移動する。カシャと二回音がした。カウンター
に缶コーヒーを置き、その脇に四百円をならべた。
「飲みなさい」
「いつもすみません。いただきます」
雅人は礼を言った。
坊垣がプルタブを引き、コーヒーを飲む。
「興神会の連中を見かけなかったか」
「ついさっき声をかけられました。女を見なかったかと……なにかあったのですか」
「わからん。路上の客引き連中におなじことを訊いているようで、連中はあわてふためい
ているという情報がある。署に事件が発生したという報告は届いてないが、うちと四係の
連中が出動すると聞いた。で、それまで待たされるはめになった」

坊垣が苦笑した。

雅人はチリドッグを差しだした。

坊垣がかぶりつく。舌先で口元についたチリソースを舐《な》める。

雅人は缶コーヒーを開けた。ひと口飲んで話しかける。

「どんな女ですか」

坊垣が首をふる。

「ここに来たのは興神会の誰だ」

「若頭と、連れが二人でした」

「ほかの二人の名はわかるか」

「中本だったと思います」ぼかして言った。「もうひとりは初めて見る顔でした」

「どんな男だ」

「スーツを着ていましたが、人相はよく憶えていません」

のちのち事情を訊かれるのはわずらわしい。地場のやくざとの悶着《もんちゃく》は商売に差し障る。

そうでなくとも、足元に爆弾がいるのだ。

女に関する情報を聞きたかったが、あてははずれた。

雅人は煙草をくわえ、火をつけた。これからどうするか。思案の為所《しどころ》だ。

女を坊垣に引き渡すか。

その選択は瞬時に消した。それが興神会に知れれば衝突になる。事情はどうであれ、いったん助けた女を見捨てれば男が廃る。

坊垣がチリドッグを食べおえ、紙ナプキンで口元を拭った。

「ところで、興神会と面倒はおきてないか」

「ええ。いつも気にかけていただき、申し訳ないです」

「そんなことはないが、むこうがあんたの素性を知ったといううわさを耳にした。堅気になった者に難癖をつけることはなかろうが、なにかあれば連絡しなさい」

「ありがとうございます」

「やっぱり、あの親分は男だったんだね」坊垣がにんまりした。「堅気になった連中は皆、まっとうに生きているらしい」

「情報が入るのですか」

坊垣は赤坂署から万世橋署に異動してきた。赤坂署時代に、雅人のかつての親分と縁があったことは坊垣の世話になってしばらくしてから聞いた。親分が坊垣に頭をさげたことや坊垣が依頼を快諾したことは容易に推察できた。

「組が解散しても二、三年は監視対象者のリストからはずれない。あんたは親分や仲間と連絡をとってないのか」

「はい。それが親分の、最後の指示でした」

「なるほどな」坊垣が納得顔を見せた。「きょうは早目に店を閉めなさい」

坊垣が立ち去った。

「はらはらさせないでよ」

下から声がした。

「突きだしたほうがよかったんじゃないか。警察は命までは獲《と》らん」

「冗談じゃない」

女が口をとがらせた。

「話を聞いてたんだろう。警察が動いている間に消えろ」

「邪魔者扱いして……つめたい男ね」

「おまえとはなんの縁もない。警察に渡さないだけありがたいと思え」

「興神会の仕返しがこわいんでしょう」女が挑発するように言った。「わたしが興神会に捕まってもおなじこと……あんたは巻き添えを食う」

くそ女《アマ》。雅人は胸でののしった。

「わたしを無事に逃がして。そうすればあんたも……」

「喋《しゃべ》るな」

強い声でさえぎった。椅子に座り、腕を組む。

この女は何者なのか。興神会とどうかかわっているのか。バッグのカネはどうやって手に入れたのか。女に訊きたいことは山ほどある。だが、女の態度からしてまともに返答するとは思えない。正直に話したとして、そのせいで自分がさらなる不運を背負うおそれもある。己の気質はわかっているつもりだ。親分の後姿を見て育ってきた自負もある。

くわえ煙草で携帯電話を手にした。

「おまえの番号は」

「どうして訊くの」

「念のためだ。俺はそとの様子を見てくる」

「ケータイは切ってる。あいつらが番号を……スマホのほうを教える」

女が言う番号を自分の携帯電話に打ち込み、発信した。

女がバッグからスマートホンを取りだした。ディスプレイが発光している。

「俺の番号以外はでるな」

言って、立ちあがる。

「わたしを売らないでよ」

「そとから鍵をかけるが、中からは開く。信用できんのなら消えろ」

「本音はそうしてほしいのね」

「図星だ」

雅人は接客窓を閉め、店を出た。ドアに鍵をかけ、路上に立った。

午前〇時を過ぎて、人の行き来はすくなくなっている。路地角には七、八人の客引きが立ち、道行く男らに声をかけている。ほとんどはキャバクラの従業員だ。

「一時まで飲み放題、二千円。ラストのサービスタイム。どうですか」

「女はいるのか」

「もちろんです。うちはDカップ以上ばかり……たのしめますよ」

客が反応すれば、客引きの男どもはあまい言葉を連発し、執拗《しつよう》に絡みつく。客の身体にふれることは禁じられているので、数人で囲むこともある。

客引き連中の動きが鈍くなった。黒っぽいズボンに半袖シャツを着た二人連れが客引きに声をかけた。二人とも短髪で、がっしりとしている。雅人にはひと目でマル暴の刑事とわかった。会話は聞こえない。刑事は声量を自在に調整できる。

周辺に興神会の連中の姿はない。警察の動きを警戒していると思えた。それでも油断は禁物だ。客引きの中には、警察に協力しながらも、興神会に情報を流す輩《やから》もいる。

雅人は、駅のほうへ歩きだした。その途中の路地を入った雑居ビルの四階に『神田プロダクション』というオフィスがある。ショーダンサーや歌手として東南アジアの女たちを受け入れ、飲食店や性風俗店に斡旋《あっせん》している。事実上、興神会の事務所だ。

そのビルの近くに二人の男がいた。おそらく刑事だ。

雅人は携帯電話を手にした。一回の着信音で女の声がした。

《どう》

「まだいるのか」

《あんたが頼りよ》

しおらしく聞こえた。ひとりきりになって不安が募ってきたのか。

「三十分で戻る。冷蔵庫に飲み物がある」

《トイレに行きたいんだけど》

「ポリバケツがある。我慢できなきゃそこでしろ」

携帯電話を折り畳み、駅前の大通りにでた。タクシーを拾う。

「三崎町に」

運転手に告げた。

なんでこんな目に遭うんだ。

「なにか」

運転手が訊いた。愚痴がこぼれたようだ。

「遅いよ。どこに行ってたの」

言って、女が煙草をふかした。丸椅子で脚を組んでいる。電話でのしおらしい声は空耳だったように思えた。

「窓を叩く人はいなかったか」

「一度だけ電話が鳴った」女がぶっきらぼうに言う。「なに、その格好は」

「見りゃわかるだろう。おまえも着ろ」

雅人は黒のジャンプスーツを着ている。おなじものを手渡した。

「まだ夏なのに」

「文句を言うな。助かりたけりゃ言うとおりにしろ」

女が煙草を消し、立ちあがる。

「行きたいところはあるか」

「ない」女がロング丈のスカートを穿《は》いたままジャンプスーツに足を入れる。「あんたの家に連れて行って」

「はあ」

「非常事態なの。友だちがいないこともないけど、迷惑はかけられない」

俺の迷惑はどうなんだ。言いかけて、やめた。己の行動がばかばかしくなる。

「名前は」

女が手の動きを止め、雅人を見つめた。さぐるような気配がある。

「しおん……山口《やまぐち》しおん」

「本名か」

　女がバッグをさぐり、財布を手にした。

　渡された運転免許証には〈山口詩音〉とある。昭和五十七年生まれだった。雅人の四つ上だ。見かけよりも歳を食っている。

　免許証を返した。

「どうして見せた」

「雅人が助けてくれた」

「なんで俺の名を……」雅人は視線をふった。「あれか」

　壁に食品衛生責任者の氏名を記した札がある。

「あんたのお店じゃないの」

「俺の店だ」

　詩音が袖に腕を通し、ファスナーを引きあげる。

　雅人はフルフェイスのヘルメットとデイパックも渡した。

「バッグはリュックに詰めて背負え。メットを被って一分待て」

「そのあとは」

「通路から裏に出ろ。バイクで待ってる」

「ふーん」

女の目がやわらかくなった。

「なんだ」

「なんでもない」

女がデイパックを背負うのを見て、雅人はドアを開けた。


できるだけ大通りを避け、三崎町に着いた。十分とかからなかった。

アパートの敷地内にバイクを停めて外階段をあがり、手前の二〇一号室に入る。

築十三年の2K。十一平米と六平米の部屋はフローリング仕様だ。近くに大学があるせいか、アパートの住人は若者が多い。

詩音がヘルメットをとり、デイパックを床におろした。

「お店、儲かってないんだ」ファスナーを引きおろす。「なにもないね」

「ほっといてくれ」

邪険に言い、雅人もジャンプスーツを脱いだ。

冬は炬燵《こたつ》になる正方形の座卓と三十二インチのテレビ、右側の壁には四段のスチール棚を配している。

「となりの部屋は」

「ベッドだけだ」

雅人は収納扉を開け、タオルを放った。

詩音が顔の汗を拭う。

「彼女はいないみたいね」

「おおきなお世話だ。何か飲むか。ビールと麦茶しかないが」

詩音が玄関のほうへむかう。右にキッチン、左にトイレとバスルームがある。

「あんたは」

「ビールをくれ」

はずみで答えたが、気に食わない。詩音は何事もなかったかのように振舞っている。

詩音が二度往復し、缶ビールとペットボトル、グラス二つを座卓に置いた。

雅人はグラスにビールを注いだ。

「どういうカネだ」

詩音の脇にあるバッグを指さした。

「盗んだ。勤め先の街金のおカネを」

こともなげに言い、麦茶のグラスを傾けた。

「なんて街金だ」

「『博愛ローン』……南口にある」

JR神田駅南口のほうはあかるくない。『神田ドッグ』は西口にある。

「きょうの深夜、街金の事務所で取引することになってた」

「深夜に、なんの取引だ」

詩音がグラスを空け、また麦茶を注いだ。

「あんた、やくざだったの」

「ああ」

万世橋署の坊垣とのやりとりがうかんだ。

――組が解散しても二、三年は監視対象者のリストからはずれない。あんたは親分や仲間と連絡をとっていないのか――

――はい。それが親分の、最後の指示でした――

二人の会話を、詩音は聞いていたのだ。

――やっぱり、あの親分は男だったんだね――

坊垣のあのひと言は胸が熱くなった。その余熱があったのかもしれない。

親分ならどう対処するのだろう。ふいによぎった思いは頭をふって消した。

――ひとりで考え、行動しろ。何があろうと俺やかつての身内を頼るな――

そう厳命されている。

詩音が座卓に両肘をついた。

「新宿の山岸組を知ってる」

「東輝会の直系だな」

「山岸組のフロントが街金のオーナーよ」

雅人は顔をしかめた。山岸組組長は東輝会の副理事長でもある。かかわったことはないけれど、うわさは耳にしていた。新宿歌舞伎町に本部を持ち、麻薬、売春、詐欺と、相手の見境なく、しのぎをかけているという。カネが集まるところに人が群れるのは裏社会もおなじで、山岸組は四十余名の構成員がいると聞いた。

興神会の西田の話を思いだした。

「近藤は何者だ」

「雇われ社長……オーナーの親戚よ」

「フロントとかオーナーとか……やけにくわしいな」

「そんな会社にいれば耳に入る」

「だとしても、そんなことを聞けば、普通の女ならビビる。やくざがかかわっていると知った時点で街金を辞めるだろう」

「仕事を選り好みできる時代《よ》じゃない」

詩音が他人事《ひとごと》のように言った。

あきれても仕方ない。やくざのカネを盗んだ女を匿ったのだ。ビールを飲み、煙草で間を空けてから口をひらいた。

「話を戻す。深夜に、なんの取引だ」

「たぶん、オレオレ詐欺のグループに渡すおカネ……そういう連中とは銀行を利用しないで、直取引をしてる」

「しかし、カネは金庫に入れてあるだろう」

「金庫は融資のおカネだけ。それも二百万円くらいしか置いてない。まともな仕事のほうは銀行振込がほとんどだから」

雅人は目で先をうながし、煙草をふかした。幾つもの疑念がひろがっている。

「このおカネは社長がバッグに入れて用意していた。わたしと社長、平野《ひらの》という店長の三人がいたんだけど、社長が平野を連れ、近くの焼鳥屋にでかけた隙に……」

「待て」声を強め、煙草を潰した。「おまえに留守番をさせてか」

詩音が頷く。

「社長とデキてるな」

詩音が目元を弛《ゆる》めた。会話をたのしんでいるふうに見える。

「ひと月ごとの契約で働いてるのよ。いつクビになるかわからないでしょう」

「街金の実態や裏社会の連中の話は」

「想像どおり」さらに表情が弛む。「ベッドで聞いた」

雅人は口をあんぐりとした。想像どおりは間違いない。

「端《はな》からカネを盗むつもりで街金に勤めたのか」

「そんなばかな。でも、目の前に大金がある。それも、ろくでもない連中のおカネが……盗んでも罪にならないおカネを見れば、誰でもその気になるさ」

「なるか」吐き捨てるように言った。「ミスったとはどういうことだ」

「焼鳥屋に行けば、いつも一時間くらいして戻ってくるのに……そとに出たとたん、平野とばったり……忘れ物でもしたんだろうけど、早く動いていれば逃げる時間を稼げた」

「おまえのミスのせいで、俺はこの様《ざま》だ」

詩音がおおげさに肩をすぼめた。

雅人は言葉をたした。

「やくざは執念深い。見つかったら、おまえは消される」

「わかってる」

詩音が不機嫌そうに煙草をくわえた。ライターを持つ手がかすかにふるえている。

「幾らある」

煙草をふかしたあと、詩音がバッグのカネを座卓にならべた。

百万円の束が三つ、信用金庫の名が入った紙帯で締めてある。

「念を押すが、街金の資金じゃなく、裏のカネなんだな」

「そう」面倒そうに言う。「どっちだっておなじ。警察に届けるわけがない」

「このカネを宅配で送り返せ。そうすりゃ、命は助かるかもしれん」

「いやよ」詩音が眦《まなじり》をつりあげた。「絶対にいや」

言って、紙帯を切った。数えもせず、百万円の半分ほどを雅人の前に置く。

「うまく逃げ切れたら、残りもあげる」

「舐めるな」

とっさに手が伸び、詩音の肩を突いた。

だが、詩音は怯《ひる》まなかった。むしろ、眼光が増した。

「腹を括《くく》りな。あんたも元はやくざなんだ」

「うるさい」

詩音が顔を近づけた。

「あんたが現役のころ、山岸組との関係はどうだった」

「関係ない。いまは真っ新《さら》の堅気だ」

「よく言うよ。そんなの世間では通用しない。やくざは死ぬまでやくざさ」

「おまえが説教するな」

「おなか空いた」詩音が両手を床につき、身体をうしろに傾けた。「食べ物はないの」

「チキンラーメンがある。けど、話が済んでからだ」

「ここで話をしても仕方ないと思うけど……」

「おまえ、いったいどういう生き方をしてきたんだ」

「こんどはわたしの生い立ちを聞きたいわけ」

「身の上話はいらん。警察の世話になったことはあるか」

「補導歴だけ……わたし、運が強いの。今回も土壇場であんたに助けられた」

「俺は人がいいからな」

「女に弱いんでしょう」

詩音が目で笑った。どこまでも人を食っている。

「街金は派遣で入ったのか」

「アルバイトの事務員をさがしてるって……友だちから聞いた」

「そいつと街金の関係は」

「直接は何も……その子はお客に声をかけられた」

「水商売か」

「ヘルス……すこしの間だけど、一緒に働いてた」

「どこにある」

「歌舞伎町よ」

「山岸組の息のかかった店か」

「そうかもね」詩音があっけらかんと言う。「でも、心配ない」

「どうして」

「わたしが街金に勤めだしてすぐ、その子は店を辞めて、いまはデリヘルしてる」

「やくざをあまく見るな」

店舗型ファッションヘルスもデリバリーヘルスも情報を共有している。風俗関係の情報は警察よりも暴力団のほうが早く正確に知ることができる。

「大丈夫だって。その子の名前は社長には言ってないもん」

「もう一度、運転免許証を見せろ」

詩音は逆らわなかった。

雅人は運転免許証を手にした。

住所の欄に、東京都新宿区愛住町《あいずみ》3－○△－401、とある。

「ここに住んでるのか」

「引き払った。街金で働きだして両国のアパートを借りたけど、五日前に解約した」

すらすら喋った。

「逃げる準備か」

「まあね。わたしが知るかぎり、事務所での取引はきょうが三回目で、連中がどういうふうにやるのか、わかってた」

「前の二回はチャンスがなかった」

「やる気がなかった」

詩音があっさり返した。

「どうして、きょうはやる気になった」

「おカネがほしくなったからよ」

「ふざけるな」

聞けば聞くほど頭にくる。雅人は、カネを詩音の前に戻した。

「カネを抱いて、あすにでも遠くへ飛べ。そこまでは手伝ってやる」

「だめなの。しばらく東京を離れられない」

「勝手なことをぬかすな」

怒鳴りつけても、詩音は動じない。

なんで俺に声をかけた。愚痴がこぼれかけた。あのとき、詩音の顔は青ざめていた。他人のカネを盗むような女には見えなかった。そんなふうに悔いても後の祭りだ。

「シャワーを浴びてくる」

言って、詩音がカネをバッグに戻した。

「パジャマを貸して。なければTシャツでもかまわない」

くそ。舌が鳴りそうだ。それでも立って、収納扉を開けた。

詩音がバッグをさげて立ちあがり、バスタオルと甚平を手にした。

「続きはラーメンを食べながら……それとも、ベッドでする」

詩音の瞳が端に寄った。

「うるさい」

雅人はふりむいた。

スチール棚の中ほどに、かつての義理の親と撮った写真がある。

この女を放りだしてもいいですか。

雅人は目で問いかけた。


肩をゆすられて目が覚めた。

昨夜は寝付けなかった。詩音をベッドのある部屋に追いやったあと、テレビを見た。BS1で日本人投手が出場するメジャーリーグを中継していたのだが、試合の内容は憶えていない。ようやく眠くなったのは窓があかるくなってからだった。

息のかかるところに詩音の顔がある。

「お弁当を買ってきた」

腕を伸ばし、携帯時計で時刻を確認した。午前十一時になるところだ。

「でかけたのか」

「コンビニだけ」

アパートの斜め前にコンビニエンスストアがある。

「ここの住人と顔を合わせたか」

「階段にも通路にも人はいなかった」

言って離れ、詩音は冷蔵庫の麦茶を運んできた。

雅人は上半身を起こした。身体のあちこちが痛い。床に冬用の掛け布団を敷き、バスタオルをかけて寝たせいだ。

「先に食え。俺はコーヒーを飲む」

詩音がにっこりした。そうすると二十代にも見える。

雅人は座卓の上に目をやった。コンビニのコーヒーの紙コップがある。

「眠れなかったの」

「あたりまえだ」

「わたしと寝れば熟睡できたのに」

ふざけるな。声にはしない。糠《ぬか》に釘《くぎ》だ。

二人してコーヒーを飲みながら煙草をふかした。眠気がとれ、洗面所にむかった。顔を洗って戻ってくると、布団が畳んであった。

「先に食べるね」

詩音が弁当とサラダの蓋をはずし、箸を持った。

雅人は、無言で詩音を見つめていた。

詩音が顔をあげた。

「ねえ。この近くにユニクロか服を売ってるスーパーはある」語尾がはねた。「着替えたい。部屋着もいる」

「はあ」目がまるくなった。「おまえ、どういう神経をしてるんだ」

「言ったでしょう。東京でやることがある」

「ホテルを借りろ。警察が動かんかぎり安全だ」

返事はない。詩音はまた食べ始めた。

雅人は左腕で頬杖をついた。

「東京で何をやる」

「あんたには関係ない」

「そんな言い方があるか。もうかかわったんだ」

「だから」詩音が箸をぶつけるように置いた。「あんたにこれ以上の迷惑をかけないよう気遣ってるんじゃない」

「………」

言葉が見つからない。詩音の態度やもの言いはめまぐるしく変わる。不安で感情が乱れるのか、気質によるものなのか。いずれにしても戸惑うばかりだ。

「お願い」懇願するまなざしになった。「一週間だけ、居させて。そのあとは、あいつらの手が届かないところに逃げるから……ねえ、助けて」

腕を摑《つか》まれ、ゆさぶられた。

「俺の言うことを聞くか」

「うん」

「勝手に部屋を出るな。俺がいない間は音を立てず、静かにしてろ。誰に連絡してもかまわんが、ここにいることは言うな」

ひとつ指示するたび、詩音が頷いた。

雅人は、メモ用紙とボールペンを詩音の前に置いた。

「ほしいものを書け。俺が買いに行く」

詩音がボールペンを手にし、すぐ動きを止めた。

「ブラやショーツも買えるの。それに、生理が近いんだけど……」

真顔で言われ、めまいがした。

★

★

コインランドリーが廻《まわ》っている。

美和《みわ》は、その前を通り過ぎ、奥の喫煙室にむかった。

昼前のインターネットカフェはひっそりとしている。最上階のレディスフロアはとくにそうだ。ほとんどが数か月の長期滞在者で、朝から勤めにでているか、飲食店や風俗営業店で深夜まで働く女が熟睡しているかの、どちらかである。

喫煙室には先客がいた。歌舞伎町の料理屋で仲居をしている高木《たかぎ》良子《よしこ》だ。本人が四十歳という年齢も名前もほんとうなのかわからない。

喫煙室は新幹線の喫煙ルームよりも狭い。二人で窮屈になる。

「おはよう」

良子はいつも小声で話す。

「おはようございます」

美和は笑顔で言った。ひと回り歳下ということもあるが、そうしたくなる雰囲気が良子にはある。良子の過去を聞いたせいかもしれない。

二か月ほど前の夜、ネットカフェの玄関で良子にばったり遇《あ》った。それまでは通路や喫煙室で顔を合わせたらひと言交わす程度の仲だったのだが、そのときは良子から、「近くで飲まない」と声をかけられた。無愛想な印象しかなかったのでおどろいたが、ことわる理由はなかった。それに、美和もショットバーでひまを潰そうと思っていた。

良子はネットカフェに一年以上滞在していると言った。理由は訊かなかった。かれこれ半年滞在している美和もその理由を他人に話したくない。

だが、良子は酒量が増えるにつれて、ぽつぽつと己の過去を話しだした。聞けば、ネットカフェの同宿者どころか、店の同僚とも飲んだことがないという。

──夫のDVに耐えられなくなって……警察に相談したんだけど、ちゃんと対応してくれなかった。部屋を借りれば夫に居場所を突き止められそうで……執念深い人だから……ネットカフェから出られないでいるの──

一時間ほどかけて、そんな話を聞かされた。それがいやではなく、まずい酒にもならなかったのが不思議だった。良子が赤の他人に身の上話をしたくなったのとおなじように、自分は他人の話に耳を傾けたくなった。そんなふうに思ったのを憶えている。

美和は、通路にある自販機の缶コーヒーを二つ買って喫煙室に戻った。

「ありがとう」

言って、良子が左手に缶コーヒーを持った。

美和はニコチン一ミリのメンソールに火をつけた。

「ハイライトはきつくないですか」

「これくらいでないと、喫った気がしないの」

あいかわらず小声で、表情は乏しい。

「お仕事は何時からですか」

「三時の入りよ。五時からのときは楽なんだけどね」薄く笑った。「美和さんは、まだおなじ仕事をしているの」

良子とこうして話すのはひと月ぶりである。

「そう。自分に合ってるみたい」

「わたしも若ければ……勇気もないし」

美和は黙って良子を見つめた。

顔がちいさく、鼻と口は小ぶりだ。化粧をすれば三十代前半に見えるだろう。

踏みだせば人生が変わるかもしれませんよ。声になりかけた。

よけいなお世話だ。他人にとやかく言われるのがいやで、いまの自分がいる。そもそも自分と良子のどこがどう違うのかわからない。自分のことをあれこれ考えるのを放棄してネットカフェに棲《す》みついているのだ。

「あぶない目に遭ったことは」

「ありません。まったく心配しないわけじゃないけど、近くに同伴者が車で待機しているし……わたし、運がいいのかもしれません」

話している最中に、頭の片隅で声がした。

《そんなわけがない。運の強い者がこんな暮らしをするものか》

おっしゃるとおり。胸でつぶやく。自問自答の結末はいつもそうなる。

「収入は……ごめんなさい。失礼なことを……」

「かまいません」美和はやさしくさえぎった。「デリヘルも競争が激しくて。出勤回数にもよるけど、女の子の手取りは月に二十万円くらいです」

美和はもうすこし稼いでいる。月に十回前後の出勤、一日平均三人を相手にして四万数千円の日収を得る。七十分三万円の料金のうち半分ほどが実入りになる。

都内で営業するデリバリーヘルスの料金やプレイ設定は様々だ。四十分五千円の店もあれば、九十分三十万円の店もある。大多数を占める料金、六十分二万円前後の店のデリヘル嬢の月収は約二十万と聞いている。

「もっと稼いでるのかと思った」

良子が申し訳なさそうな顔をした。

「やる気次第ですよ。本気でサービスすればリピーターが増えます」

「リピーターって、なに」

「常連さんのことです。彼女がいないのか、つくらないのか……いまはそんな男が多くて……わたしたちを彼女みたいに扱うお客さんがいるんです」

「へえ」

良子がのけ反る仕種を見せた。感情を露出するのはめずらしい。

性風俗店で働くことを希望する女は年々増えている。ソープランド、店舗型ファッションヘルス、デリバリーヘルス、ピンクサロン。都内には数多《あまた》の性風俗店があるけれど、希望者全員が仕事にありつけたのは十年以上も昔のことだ。最も数が多いとされ、平均的な料金システムのデリバリーヘルスは十人が面接して採用されるのは二、三人、会員制ソープランドや高級デリヘルは二十人に一人の狭き門といわれている。

採用基準は、一に顔、二に胸、三にスタイルだが、ここ数年は知識や礼儀、さらには社交性も求められる。よほど性技に優れているか、客をたのしませる会話ができなければリピーターはつかないし、ついても指名される回数がすくない。男どもが風俗嬢に接する回数が増えている分、風俗嬢への要求は高くなっているのだ。

「興味があるのですか」

良子が手のひらをふった。煙草の灰が散った。

「あたしなんて、むりよ。歳だし、もう長いこと……」

語尾が沈んだ。さみしい表情に戻った。

美和はかける言葉が思いつかず、煙草とコーヒーで短い時間を流した。

良子が煙草を消した。

「訊いてもいい……前のお仕事は」

「金融関係の会社に勤めていました」

ほんとうのことだ。一年前、メガバンクのひとつを退社した。

「そう……皆、いろいろあるのね」

間近にいても聞き取れないほどの声だった。

携帯電話がふるえだした。

常時、マナーモードにしている。着信音が苦手になった。音が鳴るたび身体がピクッと反応しだしたのはOLを辞めるか否かを思案していた時期である。あのころ、人と話すことばかりか、人に接することも拒む自分がいた。

美和は、ジャージのポケットに手を入れ、その場で耳にあてた。

《どこにいるの》

怒っているような声音だった。

――起きたら部屋に来て。用があるの――

かけた相手の電話がつながらず、そうメールを送った。三十分前のことだ。

「すぐ戻る」

良子に手でごめんと合図し、通路に出た。

美和の部屋の前に真衣《まい》が立っていた。

通路は人がすれ違えない。暗証番号を押してドアを開け、真衣を中に入れた。

セミダブルベッドのひろさだ。それに、幅二十センチの靴脱ぎ場と奥行き四十センチほどの棚がある。載っているのはテレビ兼用のパソコン。デスクトップ型だ。床は備え付けのスポンジマットの上にベッドパッドを敷き、クッションを二つ置いている。

「荷物が増えないね」

真衣はクッションに座り、膝を崩した。カーキ色のクロップドパンツに生成りのシャツを着ている。見慣れた身形《みなり》だ。セミロングの髪は両肩にひろがっている。

「用って何よ」

ぶっきらぼうなもの言いだった。

「機嫌が悪そうだけど、どうしたの。変態にあたったの」

「きのうは、仕事する前にクビになった」

「えっ」目をぱちくりさせた。「どうして」

「体重計に載せられた。入店時から三キロ太って、アウト。店長に胸を摑まれて、ここだけは太らないって……嫌味なやつ」

真衣はぽっちゃりしているが、丸顔はちいさく、愛くるしい。そのおかげで三十二歳なのに二十代半ばに見える。これで客あしらいが上手《うま》ければリピーターが増えるのにと思うけれど、真衣は自分の不運の元凶をAカップの胸のせいにしている。

「ランチしよう。愚痴を聞いてあげる」

言いながら、ジャージのファスナーをさげた。ノーブラの乳房がゆれる。

「いやらしそうなオッパイ……またふくらんだみたい」

「気のせいよ」

美和はさりげなく返し、ボストンバッグを開けた。

衣服は一シーズン分を二つのボストンバッグに収めている。高価なものは長期保管してくれるクリーニング店に預ける。

ネットカフェの住人はコインロッカーを利用する者が多いらしいが、それさえ負担になって放棄する者もすくなくないという。

ワンショルダーの白いタンクトップを着て、紺色のフレアスカートを穿いた。ハイウエストのミニ。長い脚が強調できるので好んで身につける。

自信があるのはマシュマロのような胸とカモシカのような脚で、首から上は好きではない。かわいい身形をしても、歳相応、たまに実年齢の二十八よりも上に見られる。ショットバーでとなり合わせた男からアラフォーかなと言われたときは、かっと血がのぼり、グラスの水を男の顔にかけてしまった。

ハンガーラックに掛かるオレンジ色の麻シャツを手にした。

路上に立つと、首筋に汗がにじんだ。台風が接近しているせいか、空気が重く感じる。

新宿三丁目は週半ばの平日にもかかわらず若者でにぎわっていた。

交差点を渡り、新宿通りをアルタ方面へむかう。

「なにを食べる」

「なんでも」

真衣がものぐさそうに言った。

「ゆっくり話せるところにしようか」

「余裕がないんだけど」

「まかせて」

新宿伊勢丹デパートの前を通り過ぎ、左の路地に入った。すこし歩くと左手に小じゃれたカフェレストランがある。

普段の昼食は、三丁目の一角の、昭和の雰囲気が残る飲食街で済ませる。夜は居酒屋になる定食屋かレトロな洋食屋、立ち食い蕎麦屋も牛丼屋も利用する。

二階の窓際の席が空いていた。

ウェートレスが水とメニューを運んできた。

本日のランチの中から、真衣はポタージュと仔牛《こうし》のカツレツを選んだ。メニューを見て食欲が戻ったようだ。美和はコンソメと舌平目のムニエルにした。

「ワインを飲んでいいかな」

「わたしも飲む」

美和は赤と白のグラスワインを頼んだ。

「用件を言うね」真衣が頷くのを見て続ける。「あしたの午前中、部屋にいてくれない」

「どうして」

「詩音さんを憶えてる」

「うん。あの人、インパクトが強かったから」

七月もおわりかけのある日、詩音から電話があり、真衣を誘って三人で飲んだ。詩音と会うのはひさしぶりだった。

「詩音さんから真衣さんの部屋に宅配が届くの」

ネットカフェは利用客宛の郵便物をカウンターで預かってくれる。宅配物は利用者が直に受け取るのが決まりだ。

「どうして、あたしに……ミーちゃんじゃだめなの」

真衣は美和をミーちゃんと呼ぶ。美和はさんづけしている。

「ネットカフェに親しい子はいるかと訊かれて、真衣さんの名前を言ったの。詩音さんは憶えてた。部屋番号を教えると、これから送るって」

「わたしの承諾もなしに」

真衣の頬がふくらんだ。

「電話したけどつながらなかったから……後先になってごめん」

美和は顔の前で両手を合わせた。

そこへグラスワインが来た。

「しょうがないか。これ、頼んじゃったもん」

真衣が赤ワインのグラスを傾けた。

「でも、やっぱり気になる。ミーちゃん宛でいいじゃん」

「あたしも、あとでそう思った。詩音さんの話にはつい巻き込まれてしまう。それに、急いでるみたいだったから」

「それを受け取って、ミーちゃんに渡すのね」

美和は首をふった。

「一週間くらい、真衣さんの部屋の金庫に入れといてほしいんだって」

部屋には貴重品を保管する簡易金庫が備え付けられている。詩音からネットカフェに貸金庫かコインロッカーはあるかと訊《たず》ねられ、そう答えた。

真衣が口をひらきかける。先手を打った。

「三万円の謝礼だよ」

「金庫に入れておくだけで……中身は」

「知らない。わけを訊ける雰囲気じゃなかった」

「ふーん」真衣が声にならない声を発した。「わかった。三万円は助かる」

スープが届いた。二人とも無言で飲む。真衣が先に顔をあげた。

「詩音さんの仕事は」

「金融関係の会社の契約社員よ」

街金とは言えなかった。

美和が仲介したようなものだ。当時、おなじファッションヘルスで働いていた。仕事帰りに寄ったバーでの、酒の肴《さかな》のような話だった。

――客から、昼間にバイトしないかって誘われた。街金だって……冗談じゃないよね。その客、やくざみたいだし……――

そんな話をした二週間後、街金で働くことにした、と詩音から連絡があった。客にもらった街金の名刺を詩音に渡したのがきっかけになったが、詩音が面接に行くとは露ほども思わなかった。当時の詩音は店の看板嬢だった。

いったい何を考えているのだろう。そのときの素直な感想である。だが、詩音の行動には口をはさまなかった。深入りすればろくなことにならない。善意が悪意にすり替わることもある。他人どころか、自分にも失望し、ＯＬを辞めたのだった。

「あのあとも、詩音さんと会ってたの」

「たまに電話とメールで……詩音さんのことはわたしもよく知らないんだけど、お店で最初に仲良くなったのが詩音さんで……新米のわたしの面倒を見てくれた。詩音さんが店にいれば、デリヘルに移らなかったと思う」

話している間に料理がならんだ。

真衣がサラダを食べる。

美和は舌平目のムニエルを口にした。食感がよかった。

「さっきの話だけど」真衣に話しかけた。「ほんとにクビなの」

「そう。ピンサロを紹介するって言われた」

「行くの」

「まさか」真衣が目を見開いた。「Cなら我慢するけど、D以下におちたくない」

性風俗店にはランクがある。グラビアアイドルやモデル、AV嬢が多く在籍するAランクの店からピンクサロンや旧赤線地帯にあるEランクの店まで、店と性風俗嬢の質は比例している。美和が在籍する七十分三万円のデリヘル店はBランク、真衣が勤める四十分八千円のファッションヘルス店はCランクというところか。

真衣がフォークを置いた。

「東京……」ぽつりとつぶやく。「離れようかな」

「実家に帰るの」

実家は長野県松本市だと聞いている。

真衣が力なく首をふった。

「出稼ぎしようかな。地方ならAランクで通用するかも」

そういう風俗嬢が増えていると聞いたことがある。性風俗店で働くことに慣れた女が職を失い、かといって東京を離れることができずに、数か月単位で千葉や埼玉、名古屋あたりまで出稼ぎに行くのだ。

「ほんもののノマドになるよ」

「いまだってノマドと変わらない」

真衣が投げやり口調で返した。

ノマドとは遊牧民の意味で、若い女性のノマド化がひろがっているという。

「本業はどうするの」

真衣は介護職員で、旧ホームヘルパー二級の資格を持っている。実務経験三年以上という介護福祉士受験の資格を有しているが、一度も受けていないそうだ。合格率六十パーセントの難関で、体力的にも自信がないからだと聞いた。介護職員の平均月収は約十五万円と、過酷な労働の割に収入がすくなく、国家資格である介護福祉士になっても平均月収は約三十万円といわれている。

「身体が……」声が弱くなった。「腰痛だけなら騙《だま》し騙しやれるけど、腱鞘炎《けんしょうえん》がつらい。痩せたお年寄りでもけっこう重いのよ」

要介護者の入浴時や移動時には激痛が走るという。

仕事を休みがちになり、五万三千円の家賃の支払いもままならなくなって、アパートを引き払い、ネットカフェに住みついた。三か月前のことだ。真衣とはコインランドリーで知り合った。廻転する衣類を見つめる真衣に声をかけたのが縁の始まりだった。ネットカフェの利用者で遊び歩く仲になったのは真衣ひとりである。

何日か経って、美和はファッションヘルスで働いていることを教えた。真衣は意外なほどの興味を示した。それから一週間ほどして、真衣は別のファッションヘルスで働きだした。介護従事者は風俗嬢を兼務する者もすくなくないという。

「このままじゃネットカフェにも泊まれなくなっちゃう」

「貯金は……」

つい声になり、美和はすこしばかり後悔した。あるわけがないのだ。四十分八千円の料金でヘルス嬢が手にするのは五千円に満たない。一日に二人の客がついたとして、週三日出勤の月収は約十万円、介護の収入をたしても十五万円ほどだろう。

木賃宿なみの低料金といわれるネットカフェだが、月に五万円はかかる。アパートの家賃と変わらない。それでも長期滞在の予約を取るのが困難なほど利用者が多いのは、光熱費のほか、契約金や更新料、保証人が不要だからだ。都心のネットカフェの場合、ひと月単位での利用希望者の大半は二十代、三十代の女性である。

「ほかのお店をあたってみる」

気を取り直すように言い、真衣がフォークを手にした。

美和は視線をおとした。他店を紹介することはできる。が、そうしたくない。責任が生じる。他人の言葉だけでなく、自分のひと言で心が傷ついた経験が忘れられない。

「ミーちゃんは」真衣が顔をあげた。「どうして部屋を借りないの。もう余裕でマンションを借りられるでしょう」

「いまのままが楽かな」

部屋を借りたいと思うときもあるが、わずらわしいことが先にうかび、決断どころか、考えてみたこともない。

「真衣さんは結婚したくないの」

「そんな望みは捨てちゃった。前に話したよね。婚約したあとで、あれこれ制約をつけられて……介護の仕事をやめろと言われるところまでは納得したけど、友だちとでかけるときも承諾が必要で、実際、友だちと遊んでいるときに電話がかかってきて、友だちに代われって……男の焼餅は最悪よ」

「そんな人ばかりじゃないと思うけど」

「わたし、男運が悪いの」真衣がグラスを空けた。「そのあとにつき合った男……すごくやさしくて、わたし、メロメロになったんだけど……まとわりつかれるのがいやになったのね……おまえは淫乱だって、獣を見るような目をしてののしられた」

　真衣が途切れ途切れに話した。

　そちらのほうは初めて聞く話で、美和はどう言い返せばいいのかわからなかった。

「つき合ったのはその二人だけ。でも、もういらない。男なんてうんざり」

　美和は眉をひそめた。だが、真衣に話したいことがある。現状を聞いて、真衣は相談に乗ってくれそうな気がしてきた。

「ねえ、場所を変えて飲もう」

「いいよ。どうせ、ひまだもん」

　真衣が先に立ちあがった。


　新宿通りと靖国通りにはさまれた新宿三丁目の一角は古くからの飲食街だ。寄席・末広亭の周辺は五十年以上も営業している店が幾つかある。

　美和と真衣は、折り戸パネルが開かれたダイニングバーに入った。昼間はランチ営業しているが、楕円形《だえんけい》のカウンターはドリンクだけでも歓迎してくれる。

　テーブル席はほぼ満員で、カウンター席は半分ほどの入りだった。

　端に座ると、長髪のバーテンダーが寄ってきた。

「ミーさん、いらっしゃい」気さくな口調で言う。「昼間はめずらしいですね」

「ちょっと話があって……ハイボールをお願い」

「わたしは、生をグラスで」真衣が言い添える。「ナッツも」

バーテンダーが離れる前に、美和は煙草をくわえた。一日ひと箱以上は喫う。先ほどのカフェレストランはランチタイムが禁煙だから店を替えたのだった。

立て続けにふかしてから真衣に話しかけた。

「真衣さんのお客で、オレオレ詐欺をやってた人がいるって言ったよね」

「いまも客だけど……それがどうかしたの」

「その人の連絡先を知ってる」

「うん。出勤日を知りたいからメールアドレスを教えろとうるさくて……くだらないメールばかりよこして、店に来るのは月に一回……教えて損した」

真衣がうんざり顔で言った。

「その人の役目は……〈出し子〉それとも〈受け子〉だったの」

ＡＴＭでカネを引きだすのが〈出し子〉、直にカネを受け取る役を〈受け子〉というそうだ。真衣に相談しようと思いついたとき、インターネットで検索した。

「〈掛け子〉だって……ほんとだと思う。やたら口が立つの」

〈掛け子〉は電話をかけて相手を騙すのが役目だ。

ドリンクとナッツが来た。

真衣がビールを飲み、ナッツを食べる。

「いまはなにをしてる」

「知らない。稼ぎは前よりもいいって言うけど、どうせろくな仕事じゃないと思う」

「紹介して」

「えっ」真衣が目をまるくした。「どうして」

「〈掛け子〉ならぴったり……アルバイトを頼みたい」

「どんな」

「しつこい客と縁を切りたいの」

「ああ」真衣が思いだしたような顔をした。「直取引してる人ね」

「そう」

デリヘルを利用する男の中にはデリヘル嬢に直接取引を求める連中がいる。好みのデリヘル嬢の出勤日を気にしなくて済むし、交渉次第で値引きできることもある。

美和は三人の客と直取引に応じている。二万円とタクシー代だが、それでも店を通すよりも五千円ほど収入が多くなる。

そのうちのひとりがわずらわしくなった。ドラッグチェーン店経営者の息子で、新宿区にある五店舗を統括していると聞いた。はじめのうちはラブホテルで会うだけだったが、ある日、夕食に誘われ、ブランドの服と靴を買ってもらった。それ以降、食事とセックスがセットになった。しかし、長時間つき合っても割増料金をもらえるわけではなかった。これなら店を通して延長料金を取るほうがましだと思い始めた矢先、西新宿のシティーホテルに呼びだされた。行くと、男には二人の連れがいた。カップルだった。

——俺の彼女の美和さんだ——

男が言ったとき、立ちくらみがした。女の値踏みするようなまなざしが不快で、左腕に湿疹《しっしん》がひろがった。パニック発作の症状のひとつだ。一見《いちげん》の客の中にはそうなりそうな男がいるけれど、仕事に没頭すれば症状はでない。

真衣がグラスを半分空け、頰杖をつく。興味を覚えたような表情になった。

「縁を切りたいだけ」

「どういう意味よ」

「おカネにしたいんじゃないの」

「そこまでは……」

語尾が沈んだ。否定できなかった。

「その人は何をしてるの」

「言えない。こじれたときに迷惑がかかる」

とっさにうそをついた。真衣とは親しくしているが、それなりの距離は保っている。

「まあ、いいや。それで、〈掛け子〉にどう言わせるの」

「まだ決めてない。〈掛け子〉が受けてくれたら考える」

真衣が頬杖をはずした。

「連絡してみる」

「謝礼は三万円でいいかな。真衣さんには一万円」

「もうひと声、お願い」

「わかった。真衣さんは二万円にする」

真衣がにっこりし、グラスを空けた。バーテンダーに声をかける。

「マッカランの水割りを」

「大丈夫なの。腰が痛いんでしょう」

「宅配と〈掛け子〉……臨時収入で部屋を延長できるもん」

真衣がうれしそうに言った。

美和は肩をすぼめ、視線をそらして煙草をふかした。腰痛と腱鞘炎。それに、胸の劣等感。それらを怠け者の言訳のように思うときがある。

★　★

いつもどおり、雅人は午後五時に『神田ドッグ』を開店した。

仕込みは小一時間あれば済む。チリソースは日曜に自宅で作り、寸胴鍋ごと店に運んでいる。千切りのキャベツをボウルに、みじん切りのパセリをタッパーに入れた。

「おい」

声がして、視線をふった。興神会の中本が顔を突きだしている。

「いらっしゃい」

雅人はあかるく言った。

「なにがいらっしゃいだ」

中本が目をぎょろつかせ、店内を覗《のぞ》いた。

横柄な態度と口調は毎度のことだが、詩音のことがある。いやな予感がした。

「どうされました」

「顔を貸せ」

「むりです。店を空けるわけには……」

「うるせえ。若頭《カシラ》が喫茶店でお待ちだ」

「西田さんが、どうして」

「質問するな。とっとと出てきやがれ」

まるで迫力がない。一年前なら一秒で伸《の》していた。だが、店で騒動はおこせない。

「どこの喫茶店ですか」

「事務所の前の喫茶店《サテン》だ」

「わかりました。店を閉めて、五分で行きます」

「待ってやるから早くしろ」

雅人は眉をひそめた。逃げるとでも思っているのか。


昭和のにおいの残る喫茶店だ。四人掛けのテーブル席が五つ。幾つかの椅子とカウンターのスツールは合成革を補修してある。

西田は奥のテーブル席で煙草をふかしていた。しかめ面だ。となりの席に三十半ばの男がひとり、こちらもうっとうしい顔をしている。西田の側近の藤田《ふじた》である。

ほかに客はいない。街で働く者たちの休憩時間はおわっている。

雅人は、西田のそばまで行き、口をひらいた。

「どんなご用ですか。店があるので手短にお願いします」

「おまえ次第よ」西田が鷹揚《おうよう》に言った。「座れ」

西田の前に座り、初老のマスターにアイスコーヒーを頼んだ。中本は藤田の正面に腰かけた。金髪の若いウェートレスはいない。出前に行ったのか。

「きのうは何時に店を閉めた」

「十二時過ぎでした」

「早いじゃねえか」西田の眼光が増した。「稼ぎが悪いくせに」

「そうなんですが、警察に……」ためらいは捨てた。実名をだすほうが効果はある。「万世橋署の坊垣さんに、きょうは早く閉めなさいと言われました」

「なんで」

「ご存知でしょう」

「ん」西田が眉根を寄せた。「坊垣のおっさん、何を喋った」

「興神会の様子がおかしいので、署は警戒態勢に入ったと」

誇張して言った。防御のためだ。

西田が猪首《いくび》をゆっくり回したあと、胸ポケットから写真を取りだした。

「もう一度、よく見ろ」

きのうの写真とおなじだ。上半身が写っている。視線をあげた。自分からは話さない。どんな質問も墓穴を掘る危険がある。

「この女を見たか」

「いいえ」

「おい、こら」中本が口をはさむ。「うそをつきゃどうなるか、わかってんだろうな」

中本を無視し、西田に話しかける。

「どういう意味ですか」

「その女がおまえの店の前に立っていたと教えてくれたやつがいる。そいつはうそをつく必要がない。思いだせ。白いブラウスに紺色のロングスカート、黒っぽいトートバッグを持っていた女だ」

「そういうお客さんは来ませんでした」

雅人はきっぱりと言った。

「客とはかぎらん。店の前にいたかどうか、訊いてる」

「俺は見てません。いつもそとをむいているわけではありませんから」

言いながら、雅人は頭を働かせた。

たしかな証言ならもっと強気にでるはずだ。事務所に連れ込み、痛めつけてでも口を割らせるだろう。警察が警戒していようとそれくらいのことはできる。

西田が口をつぐんだ。灰皿の煙草は消えている。

我慢比べだ。喋ったほうが不利になる。

アイスコーヒーが来た。おかげで余裕ができた。ストローを挿して飲む。

「煙草、いいですか」

「ああ。長話になりそうだからな」

「勘弁してください」

「商売は気にするな。あとでドッグを百本、買ってやる」

西田が真顔で言った。

雅人は腹を括るしかないと諦めた。ソファに背を預け、煙草を喫いつけた。

「おまえ、三好《みよし》組にいたそうだな」

「部屋住みでした」

雅人は即答した。想定内の質問だった。

――……むこうがあんたの素性を知ったといううわさを耳にした――

万世橋署の坊垣のひと言が腹を括らせた。

「初対面のときにどうして隠した」

「ご挨拶は斉藤雅人個人としてのものです」

賃貸契約を結んだその日に興神会の事務所を訪ねた。神田駅周辺の歓楽街は興神会の島内だ。坊垣に教えられるまでもなく、地場の暴力団に挨拶するつもりだった。やくざ社会に生きた者の筋目だ。菓子折りと三万円を包んだ。盆暮れのつき合いも約束した。

「おまえの根っこ、いまも三好組のようだな」

「どうでしょう。骨を埋める覚悟でしたが、組はなくなりました」

「横浜に盃《さかずき》を直す話はなかったのか」

「ありません」

三好組の三好義人《よしと》組長は関東誠和会の直系だった。誠和会若頭の黒田《くろだ》英雄《ひでお》の弟分として頭角を現し、最盛時は末端をふくめ二百余名の組員がいた。解散時、三好の意向で、組員の大半は黒田組の身内として盃を直した。本家直系に昇格した者もいる。

雅人は三好以外の親を持つことを拒んだ。三好もそれを受け容れた。慰労金五百万円を頂戴し、堅気になりきるまでの生活費として別途、三百万円を授けられた。慰労金は『神田ドッグ』の開店資金にし、三百万円は袱紗《ふくさ》に包んだまま部屋にある。

「その程度の男というわけか」

蔑むように言う藤田を、西田が睨んだ。

雅人は紫煙を吐いた。なんと言われようとも挑発には乗らない。

西田が視線を戻した。

「三好組のしのぎはなんだった」

「本部は賭博と企業のトラブル処理でした。幹部の方々のほうはよく知りません」

「女は……薬局は」

女は売春および性風俗業、薬局は覚醒剤やドラッグの密売をさしている。

「いっさい」力をこめた。「それは組員にも徹底していました」

「そうかい」

西田が椅子にもたれた。

「おまえの話を真に受ける。けど、齟齬《そご》があったら事務所に来てもらうことになる」

「わかりました」

雅人は背筋を伸ばして言った。

「中本」西田が声を発した。「ドッグを買って、街の客引きに配ってやれ」

「はい」

返答したが、中本の顔はゆがんでいた。気に入らないのだ。

アパートの周囲に目を凝らした。気になる車も人もいなかった。

――おまえの話を真に受けなかった。真に受ける――

あのひと言は真に受けなかった。油断させておいて、ばっさりということもある。店に戻っても詩音には連絡しなかった。壁に耳ありだ。通話中に中本があらわれたら対応に窮する。詩音からも連絡はなかった。

店に同行した中本は三十本のホットドッグを買った。百本と言われたが、それでは商品がなくなる。雅人のほうから三十本でとお願いした。

――そのときがくりゃ、俺がお前を締めてやる。たのしみにしてな――

去りぎわに、中本が捨て台詞《ぜりふ》を残した。それで警戒心を強めた。西田が自分を疑っている証だ。よく吠《ほ》える中本の頭の中は高が知れている。

午前三時になる。

雅人はバイクに跨《また》がったまま携帯電話を鳴らした。

ほどなく階段を踏む音がし、詩音があらわれた。フルフェイスヘルメットに、だぶだぶのジャージの上下を着て、デイパックを背負っている。中は空のはずだ。

詩音がうしろに乗り、雅人の腹に両手をまわした。

「いい身体してるね」

「ありがとうよ」

「どこへ行くの」

「六本木だ。ドンキホーテがある」

都心には深夜営業のディスカウントショップがあちこちにある。

雅人は迷わず六本木を選んだ。赤坂と六本木は庭のようなものだった。六本木には山岸組の系列組織がないことも理由のひとつだ。

雅人は静かに一二五CCのバイクを走らせ、外堀通りに出てから加速した。

買い物をおえ、六本木ロアビル近くのラーメン店に入った。

詩音は注文を済ませるや、両手に紙袋をさげてトイレに立った。

キャップにサングラス、タンクトップもクロップドパンツも黒一色。白い七分袖のコットンパーカーにスニーカーという身形で戻ってきた。

めだつ身形だが、客席は間仕切りされている。

はちきれんばかりにふくらんだデイパックを脇に置き、詩音が腰をおろした。

「満足したか」

言って、雅人は煙草をふかした。

詩音が煙草のパッケージから一本をぬきとり、口にくわえて火をつける。

「まずいよ、これ」

サングラスをかけたままでも笑っているのは見てとれた。

「喫うな」

「そうね。ビールにする」詩音が店員に声をかけた。「生を小ジョッキで」

図太い女だ。が、文句を言う前に店員が来た。テーブルにラーメンと餃子《ギョーザ》、高菜ご飯がならんだ。どれも二人分だ。遅れて、ジョッキが加わった。

夕食はぬいた。仕込みのあと出前をとろうと思ったとき、中本があらわれた。三十本のホットドッグをつくっているうちに空腹を忘れてしまった。

詩音はアパートで米を炊き、冷蔵庫にあるもので夕食を済ませたと言った。どんな料理か想像がついた。玉子と辛子明太子、ニラと大根くらいしか残っていなかった。

詩音が餃子をつまむ間に、雅人はビールをひと口飲んだ。

「もうひとつ頼んだら」

「いらん」

「ガキね」

詩音がまた目で笑い、ジョッキをあおった。半分が消えた。舌先でくちびるを舐める。泡が消え、ルージュが光った。

頭にきたが、怒鳴るよりも腹を満たすのが先だ。


アパートに戻ったときは東の空が白んでいた。

冷蔵庫の缶ビールを持って、座卓に胡坐《あぐら》をかいた。

詩音は、デイパックの中身を床にひろげ、仕分けを始めた。ガウチョパンツにキュロットスカート。Tシャツとタンクトップは複数ある。スニーカーソックスにフットカバー。シールや値札をはずし、丁寧に畳んでいく。化粧品のパッケージもある。

やっぱり女だな。黙々と手を動かす詩音を見て、雅人はそう思った。

突然、詩音がタンクトップを脱いだ。小ぶりの乳房がはずむ。

雅人は視線をそらした。

「どう、これ」詩音が声を発した。「かわいい」

目の端で詩音を見た。イチゴ柄の半袖パジャマに着替えている。

「あとはあしたにしろ。話がある」

つっけんどんに言った。眠い。だが、訊いておきたいことがある。

詩音は素直に従った。座卓に両肘をつき、メンソールをくわえた。

「なによ」

「興神会の西田を知ってるか」

「何度か街金の事務所を訪ねてきた」

「その程度か」

「そう。応接室で社長と話してた」

「おまえと社長の近藤の仲は知ってるのか」

「たぶんね。他人の前で俺の女だとかは言わなかったけど、事務所ではわたしを名前で呼び捨てにしてたし、仕事以外でもあちこち連れて行かれた。鈍感な人でもデキてるって思うんじゃない」あっけらかんと言う。「それがどうかしたの」

「近藤は幾つだ。独身か」

「四十五歳の妻帯者で、子どもが四人も……セックスが好きなのね」

「訊いてない」ビールをあおった。「オーナーの親戚だと言ったな」

「甥《おい》よ」

雅人は首を傾けた。微妙な縁だ。けじめをとるか、情をかけるか。

「近藤は西田のことをどう言ってた」

「頼りになるって……なんでも相談してたみたい。来年あたり、西田が興神会の跡目を継ぐだろうとも言った」

雅人は頷いた。興神会の会長は体調が思わしくないと聞いている。興神会の会長に就けば、十中八九、西田は山岸組の直系に昇格する。

詩音が口に手のひらをあて、あくびを放った。

「もう、寝よう」あまえ声で言った。「時間はたっぷりあるんだからさ」

「ねぼけたことをぬかすな」

声がとがった。こめかみの青筋がふくらんだような気がする。

「お店で何かあったの」

「西田に呼びつけられた」

詩音の表情が締まった。

「店の前でおまえを見たという証言があるらしい」

「……………」

詩音の身体がわずかに傾き、さぐるような目つきになった。

「心配するな。きっぱり否定した。おまえを護ってやる義理はないが、それを認めれば、俺の身体は痣《あざ》だらけになる」

「道を訊かれたとか……うそもつけたのに」

「それでよかったんか」

「匿ったと言わなければ……でも、あんたは言い逃れなんてしない」

「どうして言い切る」

「勘よ」さらりと言った。「いろんな男を見てきたから……ろくでなしばかり」

「俺もろくでなしだ」

「そうね」

詩音が目元を弛めた。なにか言いたそうな顔にも見えたが、声は続かなかった。

「しばらく監視されるかもしれん」

そんな気がする。西田はどうして三好組の話を持ちだしたのか。ついでの与太話とは思えない。自分の器量を見極めたかったのか。なんらかの意図があったはずである。

「ここもあぶないかな」

「わからん。けど、その覚悟はしてろ。できなきゃ、いますぐ……」

「いや」詩音が強い声でさえぎり、雅人の右手を摑んだ。「あんたが頼りなの」

前にも聞いた。雅人は息をついた。

「わかったから放せ」

詩音が手を引いた。

「確認しておく。近藤はケータイの番号を知ってるんだな」

「ガラケーのほうだけ。スマホは知らない」

「どっちもまともか」

詩音が訝《いぶか》しそうな表情を見せ、すぐ元に戻した。意味がわかったのだ。

「ガラケーはレンタルよ」

〈レンタルケータイ〉は、様々な理由で携帯電話を契約購入できない人に代行業者が提供している。犯罪に使用されることが激増したため、レンタル契約時に身分証明書の提示が義務づけられた。だが、法規制を遵守する代行業者はすくないといわれている。

おなじく犯罪に使用されることが多い〈飛ばしケータイ〉は入手後の使用期間が長くて二か月だから、長期利用する者は〈レンタルケータイ〉を持つ。彼らの大半は、代行業者との暗黙の了解の下、身分を詐称している。〈レンタルケータイ〉はガラパゴスケータイ、略称ガラケーが圧倒的に多い。

「スマホは」

「わたしの名義だけど」不安そうな顔になる。「まずいかな」

「連中がその気になりゃ通話記録を入手するのは容易《たやす》い」

暴力団の幹部の大半は所轄署の組織犯罪対策課か生活安全課の連中とつながっている。警察は犯罪捜査を理由に、所有者が誰であれ、通話記録を見ることができる。

「あっ」詩音が声を発した。「だめじゃん。あんたと電話で話した」

「心配いらん。俺のケータイは裏のプリペイドだ」

普通の携帯電話も持っているが、持ち歩くのはプリペイド携帯電話だ。三好組に在籍しているとき闇ルートで手に入れた。プリペイドカードの継続購入もできる。親分から連絡があるかもしれない。ありえないことだが、それを望む自分がいて、プリペイド携帯電話を手放せないでいる。

雅人は言葉をたした。

「スマホは使うな。電波で位置が特定されることもある」

「あした、秋葉原にガラケーを買いに行く」

「やめろ。何度も言わせるな。そとに出ればリスクを背負う」

「持ってるガラケーは使いたくない」

「俺が調達する」

言ったあと、首をひねった。昔の伝《つて》は使えない。親分の指示に反する。

「あてがなさそうね」

「そうでもないが……おまえが買ったのは秋葉原のどこだ」

「パソコンの中古品を扱っている店よ。裏でいろんなものを売ってる」

「教えろ」

「一見は警戒されるからわたしが電話する」

「よし」立ちあがった。「荷物はむこうへ運べ。俺は寝る」

収納扉を開け、布団を引きだした。

詩音が品物をかかえ、隣室に行く。からかいのひと言はなかった。

★　★

美和は、新宿区役所の近くにあるカラオケボックスに入った。

《……三〇三号室に入った。早く来て》

真衣からそう連絡があって十分が経つ。正午を過ぎたところだ。

カラオケボックスは美和が希望した。会話を聞かれない場所で思いつくのはホテルとカラオケボックスしかなかった。

三〇三号室のドアを開けた。鈎型《かぎ》のベンチシートは五、六人が座れる。

奥に三十歳前後の男がいた。半袖の柄シャツにチノパンツ。見てくれが悪い。長髪で顔は細長く、色白だ。目が濁っている。美和はちょっぴり不安になった。

「俊也《としや》さん」中央に座る真衣が言い、男にも声をかけた。「この子が美和さん」

「よろしく」

俊也が軽い口調で言った。

笑顔を見せられても第一印象は薄れなかった。

「美和です。早々に会っていただき、ありがとうございます」

真衣に相談したのはきのうのことだ。

「いいってことよ。大好きな真衣の頼みはことわれねえ」

美和は手前の端に腰をおろした。

「なにを飲む」

真衣が訊いた。

二人の前には透明なグラスがある。カクテルか、焼酎の炭酸割りか。

「自分で頼む。ほかには」

真衣が首をふるのを見て、内線電話でアイスティーを注文した。

そのあと、俊也に声をかけた。

「喫ってもいいですか」

「なにを」

俊也がにやりとした。

「煙草です」

「かまわねえよ」

舐めたようなもの言いが続いている。

美和は室内を見た。モニター画面の上に載る半球形の物体が気になる。歌っている者を撮るカメラだが、防犯カメラも内蔵されていると聞いたことがある。

「歌ってやろうか」

俊也が真衣に話しかけた。

「聞きたくない。俊也さん、音痴だもん」

「おまえが言うな」

俊也が笑った。薄いくちびるの間から痩せた歯茎が覗いた。

従業員がドリンクを運んできた。

ドアが閉まるや、美和は俊也を見据えた。

「早速ですが、話を聞いていただけますか」

「ああ。だいたいのことは真衣に聞いた。うっとうしい男があんたに寄りつかんよう、威《おど》せばいいんだろう」

「そうです。お願いできますか」

「まかせな。楽勝だ」俊也がセカンドバッグからメモ帳とボールペンを取りだした。「あんたの名前は……相手の男に教えた名前でいい」

「河合《かわい》美和、本名です」

俊也がペンを走らせる。

「男の名は」

美和はためらった。すかさず俊也が声を発した。

「必要なことを訊いてる。喋らなきゃ仕事にならん。おりるぜ」

「わかりました。松田功一《まつだこういち》です」

「字は」俊也がメモ帳とボールペンをよこした。「書け」

言われたとおりにした。俊也のもの言いに気圧《けお》されている。

「松田と最後に会ったのは、いつ、どこだ」

「先週の金曜、西新宿の京王プラザホテルです」

「二人でか」

「相手はカップルを連れてきて、食事をしたあと、二人になりました」

「別れたのは」

「午前一時を過ぎていたと思います」

「男の歳は……結婚してるのか……背格好は」

次々とでる質問に答えた。最後に、松田の携帯電話の番号を教えた。

「よし」俊也がボールペンを置いた。「これでばっちりだ」

「あのう」声がちいさくなった。「どういうふうに威すのですか」

「聞いてな。ハンズフリーで話してやる」

俊也がメモ用紙を睨むように見た。

美和は息苦しくなった。後悔がめばえだしている。

「俺が喋ってる間は声をだすんじゃねえぜ」

美和はアイスティーを飲んだ。口中が乾いていた。

俊也が携帯電話をテーブルに置く。

二度の通話音のあと、声がした。

《はい。松田です》

聞き慣れた声音だ。

美和はすこしほっとした。勤務中に知らない番号の電話にでるのか心配だった。

「松田功一さんですか」

俊也の声は別人のそれだった。低音で、おちつき払っている。

《そうですが、どちらさまでしょう》

「自分は、新宿署の岡崎《おかざき》と申します。組織犯罪対策課の巡査部長です」

《警察の方がなにか……》

「このあとお時間をとっていただけますか。お訊ねしたいことがあります」

《そうおっしゃられても……一時から会議がありまして……》

俊也は間を空けない。

「河合美和さんをご存知ですね。先週末も西新宿のホテルで逢《あ》われた」

《えっ、ええ……》

「河合さんに関することです。お時間をいただけますね」

《しかし……会議が……それに……》しどろもどろになった。《彼女が何か……》

「身に覚えはありませんか」

《彼女とは真剣な交際を……》

「そのことではありません」俊也が語気鋭くさえぎる。「自分は生活安全課ではなく、組織犯罪対策課の者です。最初にそう名乗りました」

《どのような事案を担当されているのですか》

「薬物事案です。暴力団担当の四係とも連携しています」

《薬物……》声がふるえた。《覚醒剤ですか》

「くわしい話は直接……会っていただけますね」

俊也が止《とど》めを刺すように言った。

《わかりました。会議ははずせないので、午後三時過ぎではいかがでしょう》

「結構です。では、三時ちょうどにご連絡します」

俊也が携帯電話を切り、美和にむかって片目をつむった。

美和は反応できなかった。通話中、息をしていたのかさえわからない。アイスティーを飲み、短くなった煙草をふかした。

俊也が口をひらいた。

「あんたに確認の電話があるかもしれんが、それでおしまいさ。いまの話を肯定しようと否定しようと、あんたには近づかん」

「否定しても……ですか」

「野郎は腰ぬけだ。あんたを問い詰める根性なんてない」

「三時に会われるのですか」

「そんなわけねえだろう」

小ばかにしたように言った。

「不審に思って、むこうが新宿署に問い合わせるかもしれません」

「しねえよ」俊也が顔の前で手のひらをふった。「そんなことをすれば、あんたとの関係を訊かれる。野郎の声を聞いてたろう。いまごろ、心臓発作をおこしてるかもな」

頷いても不安は拭えなかった。松田が新宿署に連絡し、岡崎なる刑事が在籍しないことを知ればどうなるか。自分に火の粉が降ってくるのではないか。

「万が一の話だが……」俊也が背をまるめ、顔を近づけた。「野郎があんたに難癖をつけてきたら連絡しな。ケリをつけてやる。ただし、別料金だぜ」

「わかりました。そのときはよろしくお願いします」

言いながらも、そうならないことを祈った。

にがい経験が頭をよぎった。

池に小石を投じたときの波紋とおなじで、難儀はどこまでもひろがってゆく。止めようとしてまた一石を投じれば波紋はさらにおおきくなる。

この一年、美和は身を堅くして、世間と距離を空けてきた。

白い封筒を手にした。〈お礼〉と書いてある。

「ありがとうございました」

立ちあがって、頭をさげた。

俊也が封筒を二つに折り、ズボンのポケットに入れる。

「先に出るぜ」

俊也が去ったあと、真衣に二万円を手渡した。

「ほんとうに大丈夫かな」

「心配しても始まらない。それより、出よう。わたし、これから面接に行くの」

「またヘルスなの」

「デリヘルにも行く」

「お昼は」

「くる前に食べた。そうそう」真衣が声をはずませた。「三万円は」

「えっ」

「宅配が届いた」

「そうか」美和はすっかり失念していた。「おおきさは……金庫に入るの」

「本一冊くらい。厚さもそうなかった」

「詩音さんに伝えて、いつごろ受け取りにくるのか聞いておく」

「いつだってかまわないけど、立て替えてくれないかな」

そんなに困っているの。声になりかけた。二万円を支払ったばかりだ。

「持ち合わせてなければ夜でもいいけど」

真衣の声に不満がにじんだ。

美和は気分が重くなった。


カラオケボックスの受付カウンターで料金を支払い、路上に出た。となりにコンビニ店がある。ＡＴＭでカネをおろし、真衣に三万円を手渡した。

「真衣さん、ありがとう」

やさしく言った。

「こっちこそ、助かった。これで十月末まで延長できる」真衣が表情を弛めた。「男が文句を言ってきたら連絡して。俊也を動かすから」

真衣が言い、身をひるがえした。アイボリーカラーのフレアスカートがゆれた。

美和は反対方向に歩いた。靖国通りを横切り、新宿三丁目へむかう。交差点で足を止めた。左折すればネットカフェに着く。が、帰りたくない気分になっている。きょうは仕事をするつもりだったが、それも失せかけている。

《つまらないことをするからだ》

頭のどこかで叱責する声がした。

美和は肩をすぼめ、周囲を見渡した。

映画でも観るか。そう思い、踵《きびす》を返した。とたんに中年男と目が合った。

短髪で四角い顔をしている。白いオープンシャツに紺色のスーツ。ズボンは折り目がわからないほどよれている。セカンドバッグのストラップを左手の指にかけていた。

美和は歩きだした。

中年男が立ちふさぐようにした。

「失礼ですが」男が上着のポケットに手を入れ、黒革の手帳を開き、すぐに畳んだ。「お話を聞かせていただけませんか」

「あなたは」

「新宿署の石川《いしかわ》と申します。もう一度、身分証を見ますか」

「結構です」声を強めた。湧きあがる不安を消したかった。警察手帳に〈巡査部長　石川洋《ひろし》〉とあったのは視認した。「警察の方が、わたしにどんな用があるのですか」

「立ち話はなんですから、喫茶店に行きましょう」

「強引なんですね。わたしの都合も訊かずに」

「どこへ行こうか、迷っているように見えました」

男が目元に皺を刻んだ。四十半ばという歳か。

「わたしを尾《つ》けていたのですか」

「くわしい話はのちほど……すこし歩きますが、静かな喫茶店があります」

言って、石川が歩きだした。

《ほら、見ろ。罰があたったんだ》

また声が聞こえ、美和は眉尻をさげた。


北欧風の喫茶店はがらんとし、先客は二組三人しかいなかった。

石川は左側の二人掛けのテーブル席にむかい、美和に座るよう促した。

「ブレンドを」ウェートレスに言い、美和にも声をかける。「あなたは」

「おなじものをください」

美和は、バッグの煙草を手にした。テーブルに陶製の灰皿がある。

「よかった」

石川がほっとしたように言い、ポケットからラッキーストライクを取りだした。口の端にくわえ、ライターで火をつける。

「運転免許証か、保険証か……見せていただけませんか」

「えっ」煙草をおとしそうになった。「わたしのことを……」

「知りません」石川が平然と言う。「教えてください」

あっけにとられた。が、逆らえない。運転免許証を見せた。

「河合美和さん、昭和六十二年四月二日、住所は……」

小声を発しながら、石川がメモ帳に書き写した。

美和は黙っていた。

住所変更の手続きはしていない。宮崎県都城《みやこのじょう》市にある実家に変更しようと思ったが、親にあれこれ詰問されるのがいやだった。去年の暮れに実家に帰り、退職したことを話したときも、母は根掘り葉掘り訊きたがった。年が明けて東京に戻ったあと、自分からは電話もメールもしていない。春先までは母からメールが届き、短い文面を返信したけれど、近況報告はしなかった。諦めたのか、やがてメールはこなくなった。

石川が手を止め、顔をあげた。

「正午ごろ、区役所の近くのカラオケボックスに入りましたね」

「はい。友だちと約束していました」

「男性ですか、女性ですか」

「両方です」

石川が首をひねった。

そこへコーヒーが運ばれてきた。

石川がブラウン角砂糖を三つ入れ、スプーンでかき混ぜる。

美和はそのまま飲んだ。香ばしい。すこし余裕がうまれた。

「どんな捜査をしているのですか」

「先に質問させてください」石川もコーヒーを飲む。満足そうな顔をした。「出てきたときは女性と二人でしたね」

「はい」

「彼女の名前は」石川がペンを持つ。「フルネームでお願いします」

「井上《いのうえ》真衣さん」

声が弱くなった。そう聞いたが、本名なのかわからない。真衣は介護資格を証明するものがあるはずだが、それを見たことはない。仲居の良子に対してとおなじく、そういうことに関心がなかったことに気づかされた。

「歳は……何をしている方ですか」

「ちょっと待ってください」

美和は睨むように見た。疑念がふくらんだ。

「わたしのことは知らない。真衣さんのことも……どういうことなんですか。なにを調べているのですか」

石川が口をまるめ、息をついた。

「自分は、新宿署の組織犯罪対策課に在籍しています」

「……」

美和は目を白黒させた。

——自分は、新宿署の岡崎と申します。組織犯罪対策課の巡査部長です——

俊也の声がよみがえり、背筋が寒くなった。偶然だろう。そう思っても、内心はあわてふためいた。やはり罰があたったと後悔しても遅い。

「どうしました」石川が顔を寄せた。「自分の部署が気になりますか」

あわてて首をふった。必死に頭を働かせる。

「組織犯罪対策課って、何を担当してるのですか」

「その名のとおり、組織犯罪にかかわる事案です。主に暴力団を相手にしていますが、銃器とか薬物とか……物騒な事案がいろいろあります」

「あなたは……」

美和は声を切った。石川の目つきが鋭くなったからだ。

「質問をくり返します。井上真衣さんの年齢と職業を教えてください」

「三十二歳。介護のお仕事をされています。あとは本人に聞いてください」

「協力的ではないですね」

「彼女のことはほとんど知らないのです」

「友だちなのに」

「知らなくても友だちでいられます。信じられないかもしれませんが……」

語尾が沈んだ。うまく説明できない。

「信じますよ」やさしい声音になった。「この仕事をしていると、常識では考えられないことや、想像もつかないことに遭遇します。で、彼女の住所はご存知ですか」

美和は首をふった。もう話したくなくなった。

「男性の名前はご存知ですね」

「俊也さん……そう聞きました。その方とはきょうが初対面でした」

「本人が俊也と言ったのですか」

「いいえ。真衣さんにそう紹介されました」

「真衣さんと俊也の関係は」

「さあ」

気分が滅入りだしている。この先の訊問が空恐ろしい。俊也を呼び捨てにするのも理由があるからだろう。カラオケボックスでのことを正直に話せばどうなるのか。考えるまでもない。俊也は警察官を騙《かた》って松田に電話したのだ。そうするよう依頼したのは自分である。真衣にも累が及ぶだろう。

「恋人ですか」

「わかりません」

「二人の様子でわかるでしょう」石川が声を強めた。「どう見えました」

「なんとも……確かではないことは話したくありません」

石川が二本目の煙草をふかした。

「もういいですか。わたし、なんだか気分が悪くなってきました」

「それはいけませんね」

感情の伝わらない、白々しい声だった。

「あと二つ三つで済ませます。歌っていたのですか」

「えっ」

「カラオケボックスで」

「そうです。ほかに何を……」

「いろいろと勘ぐるのも刑事の癖でして」石川が目で笑った。「見せていただいた免許証の記載事項に変更はありませんか」

「ないです」

すこし間が空いたけれど、しっかり答えた。ネットカフェに住んでいると言えば話が長くなる。これ以上の訊問には耐えられそうにない。

「ケータイの電話番号を教えてください」

「090－4×2△－8△×1です」

石川が自分の携帯電話を手にした。

ほどなく美和の携帯電話がふるえた。ディスプレイに知らない番号がある。

「自分のケータイです」石川が携帯電話を畳む。「何かあれば連絡ください」

「何かって」

「真衣さんや俊也に関する情報です。あなたのことでも結構ですよ」

美和は眉をひそめた。言葉の裏に棘《とげ》が隠れているような気がした。目の前で発信したのは念のためか。疑われているようで不愉快になった。

頭の芯が重い。パニック発作がおきそうだ。左手で頬をさすった。痙攣《けいれん》がおきれば『コンスタン』という精神安定剤をのんでも症状が鎮まるまで三十分はかかる。

石川が煙草を灰皿に潰した。

「ここでのことは……自分に会ったことも、真衣さんには伏せてください」

「あなたのためです。面倒に巻き込まれるのはいやでしょう」

「なぜですか」

「………」

瞳が固まった。威された気分だ。それでも頷いた。警察沙汰になるのはこまる。警察が実家に連絡すれば、母はネットカフェに飛んでくるだろう。両親は世間体を気にして生きている。市議会議員という父の立場もある。

枕元で携帯電話が点滅している。

デジタル表示を見た。午後三時半になるところだ。

新宿署の石川と別れたあと、まっすぐネットカフェに戻った。真衣の部屋を訪ねようかとも思ったが、わずらわしさが先に立った。電話もかけていない。ジャージに着替え、『コンスタン』をのんで横になった。左頬にざらつくような感覚があった。そのままにしておけば痺《しび》れや発疹の症状がでる。以前ならあれこれ思案して薬が効かないこともあったが、いまは発症時の対処法も身についた。何事も大雑把が一番の良薬である。

携帯電話を開いた。てっきり松田からだと思ったが、着信履歴の番号は未登録のものだった。覚えもない。ショートメールが入っていた。

《ケータイを替えた。至急、電話ください。詩音》

自分が未登録の電話にはでないことも、常時マナーモードに設定していることも、詩音は知っている。
起きて、壁にもたれた。まだ頭がぼっとしている。ペットボトルの水を飲み、煙草をくわえた。喫煙室に行くのは億劫《おっくう》だ。部屋に煙感知器は設置されていないから咎《とが》められないだろうが、換気が悪いので部屋では喫わないよう心がけている。
半分の長さになったところで煙草を携帯灰皿に入れ、指先で押し潰した。
携帯電話を耳にあてる。すぐに詩音の声がした。
《寝てたの》
「そう。なんか疲れちゃった」
《そんなところに住むからさ。いいかげんで世間に出たらどう》
「そうね」
《宅配は届いた。真衣から連絡はあったの》
「お昼に会って聞いた。金庫に入れたって。三万円は立て替えた」
《催促されたんだ。しっかりしてるね》
詩音は読みが鋭い。一緒にいるとき、そう感じることが幾度もあった。
「いつまで預けるの」
話しているうちに石川とのやりとりがうかんだ。

「大事なものなら早いほうがいいと思うけど」

《その心配があるわけ》詩音が声を強めた。《そういう子なの、真衣は》

「そういうわけじゃないけど……」

《なんだよ。はっきり言いな》

美和はため息をついた。

《心配なことがあるのか》

詩音にはあらがえない。うそはつけないし、隠すこともできない。

「真衣さんと別れたあと、新宿署の刑事さんに呼び止められた」

《どうして》

「真衣さんが連れて来た男を監視していたみたい」

美和は感じたことを口にし、ことの経緯をくわしく話した。五、六分はかかったか。そのあいだ、詩音は黙って聞いていた。

「どう思う」

《美和の読みどおり。俊也という男が狙われてる》

「なんの容疑かな」

《オレオレをやってたんだろう。やくざ絡みか、ドラッグか……どれにしても、捜査は内偵中だと思う。刑事はひとりだったの》

「そう」
《刑事は二人で動くから、相棒は、先に出た俊也を尾けた》
「詩音さん、なんでもよく知ってるね」
《くだらないことだけ……刑事の話はどうでもいいけど、真衣と俊也の仲が気になる。ただの客なのかな》
「そう思っていたけど……わたしに話したほど、真衣さんは嫌ってない気がする」
素直な感想だ。そういうことも詩音には話せる。
《そうか》
思案まじりの声がした。
《美和は俊也と初めて会ったんだよね》
「そう」
《真衣は俊也を部屋に入れてるのか》
「それはないと思う。わたしがバイトを頼んだとき、真衣さんは俊也に連絡するのをためらったように感じた」
《美和は初心《うぶ》だからな》
「どういう意味よ」
つい声がとがった。

《気にしない。いちいち反応するから病気になるの》
詩音にはパニック発作のことを話した。銀行を辞める数か月前から大学病院の精神科に通いだしたのを知っているのは後にも先にも詩音ひとりである。男と女の両面を持っているような詩音にあまえた。いまではそう思っている。
「ねえ、取りに来たら」
《いまは動けない》
「じゃあ、わたしが預かろうか」
すこし間が空いた。
《美和、わたしに神田の街金の話をしたことを憶えてる》
「もちろん。そこで働いてるんでしょう」
《そう。その話をした男とはどうなった。デリヘルの客にしたの》
「うん。ヘルスに勤めていたとき電話番号を教えたからね。お店を辞めたあとに連絡があって……初めはデリヘルに移ったことを話さなかったんだけど」
《美和にうそはむり。男だって気づくさ。風俗から足を洗った子は、客からの電話やメールは無視するものよ》
「そうか」納得した。「でも、詩音さんのことはいっさい……そういう約束は守る」
《わかってる。美和は、わたしの唯一の友だちだから》

「うん」
何度か聞いた。そのたびにうれしさがこみあがる。顔を合わせる機会は減ったけれど、電話やメールでやりとりするだけで心が静かになる。
また間が空いた。
《その男の素性は知ってるの》
「名前以外はほとんど……待って」声がはずんだ。名刺をもらったのを思いだした。ボストンバッグの中のポーチを手にし、ファスナーを開く。「あった。野村喬《のむらたかし》。会社は、新宿KY興産……たしか、不動産業だと聞いた」
《肩書は》
「執行役員、総務部長よ」
《会社の住所と電話番号を教えて》
美和は、名刺の文字を読んでから訊いた。
「宅配の荷物と関係あるの」
《ないよ。美和はなにも考えちゃだめ》
「それ、ばかになれってこと」
《ばかが一番利口なの》
母親のようなもの言いだった。

《遅くても月曜には行く。それまで、さりげなく真衣と連絡をとってな。なにか気になることがあれば、何時でもいいから電話して》

月曜まであと四日だ。それくらいなら仕事を休んでもかまわない。

「わかった。そうする」

返答する間に通話が切れた。

頭が軽くなっている。煙草とライターを手に、部屋を出た。

★

★

「おまえは寄りつかんと思っていたが」

意外なひと言で迎えられた。

六本木のはずれ、飯倉交差点の近くにある鳥原《とりはら》興業を訪ねたところだ。鳥原幸治《こうじ》は社長室のソファで寛《くつろ》いでいた。元三好組幹部で、いまは独り立ちしている。鳥原興業のしのぎは六本木界隈のみかじめと建設・不動産関係のトラブル処理で、フロントにMTファイナンスという、主に飲食店経営者を相手にした街金をやらせている。

「けど、元気な面を見られてよかった」

雅人は正面に座した。ここを訪ねたのは一年数か月ぶりになる。三好組本部の部屋住みだったが、親分の指示で鳥原の稼業を手伝っていた。

「自分のほかに、堅気になった方がこられるのですか」

「堅気しかこん。それも仕方なしに」

鳥原が苦笑した。小柄だが、どっしりしている。顔がまるくなったように見える。

「どういうことです」

「足を洗おうと、身体に沁みついた垢《あか》はおちん。しょせんはやくざだ。三好組の代紋のおかげで飯を食えてた。そんな連中が『きょうから堅気です』は虫がよすぎる。世間はあまくない。『それでは仲良く生きましょう』とはならん」

鳥原は肩をおとした。

――堅気になった連中は皆、まっとうに生きているらしい――

万世橋署の坊垣は気休めのひと言をかけたのか。

思いついたことを口にした。

「カネの相談ですか」

「無心だな」鳥原がにべもなく言う。「早いやつは解散してひと月も経ってなかった」

「……………」

目も口もまるくなった。三好組長は、在籍年数に応じて、堅気になる者に慰労金を手渡した。二千万円を受け取った古参もいた。

「恩が仇《あだ》とは言わんが、親分は情をかけすぎた。親分の個人的な理由で組を解散したとはいえ……親分も、カネの使い道を案じていたとは思うが」

雅人は、ことわりを入れて、煙草を喫いつけた。

「その方々を、どうされているのですか」

「銀行なみの条件で融資してる。俺の商売だ。情はかけん」

情をかけすぎでしょう。声になりかけた。

MTファイナンスは法定金利よりも高い利息で短期間の貸付を行なっている。法律は年利の上限を定めているが、日利や月利は明確に示していない。年利換算の盲点を突く方法は幾つもある。街金に駆け込む連中はそれを承知の上でカネを借りる。街金が銀行なみの条件で融資するわけがない。担保も保証も取る。

「溝《どぶ》に捨てるつもりで貸したのですか」

我慢できず声になった。

鳥原が薄く笑い、煙草をふかした。さみしそうな顔に見えた。

「俺のところには来やすいんだろう。三好組が解散する前に、俺は盃を返したからな」

「それは……」

雅人は声を切った。鳥原の気質はわかっているつもりだ。鳥原は、親分のために汗をかき、警察の追及から親分を護るために盃を返した。

「昔話はやめようぜ。俺もすこしは忙しい」

「すみません」

雅人は煙草を消した。

「ほれ」

鳥原がＡ４判の茶封筒をテーブルに投げた。

「『博愛ローン』はダミーだな。街金としての業績はゼロに等しい。それに入っているのは『博愛ローン』の過去二年間の口座の動きだ」

ほかのことは口で答える。そういう意味と悟った。

「山岸組のフロントがオーナーというのは事実ですか」

「名義上はそうだが、山岸組の直営だろう。うちとおなじだ」

「実態は」

「百万円単位の取引先を調べた。どこも経営実態がない」

「そっちもダミーというわけですか」

「暴力団関係者の口座はきびしくチェックされる。カネを動かすには警察の監視対象に入っていないフロントか身近な堅気者の口座を利用するしかない」

「山岸組は、『博愛ローン』を経由して闇組織と取引をしている」

「そういうことだ。ただし、ダミーはほかにもある。取引額と山岸組のしのぎから推察して、『博愛ローン』が扱ってるのはオレオレ詐欺か女か、せいぜい薬局だろう。金融や不動産の案件なら千万単位のカネが動く」

雅人は頷いた。詩音の話と合致する。だが、気になることもある。

――たぶん、オレオレ詐欺のグループに渡すおカネ……そういう連中とは銀行を利用しないで、直取引をしてる――

疑念が声になる。

「銀行を使わないで取引することもあるのですか」

「相手と状況による。警察が内偵中の組織はカネの流れを掴まれている可能性がある」

雅人は息をつき、あたらしい煙草をくわえた。

「おまえ、興神会ともめてるのか」

「えっ」

煙草がおちた。あわてて拾う。

神田駅前で商売していることは話した。が、興神会の名は口にしなかった。《神田の『博愛ローン』を調べていただけませんか》。電話でそう依頼し、理由は言わなかった。

「おまえが街金を頼るとは思えん。カネで俺に連絡してくるわけもない。妙な頼み事とは思ったが、興神会が『博愛ローン』の守《も》りをしていると知って、ひらめいた。なんでもめてる。商売の邪魔をされてるのか」

「いいえ。もめてはいません。ただ、ひょんなことで『博愛ローン』の関係者とかかわりまして……面倒を避けるためにも情報がほしくて……」

「もういい」鳥原がさえぎった。顔は笑っている。「おまえ、堅気になってもうそが下手だな。面倒に巻き込まれたと、顔に描いてある」

雅人はうつむき、頭をかいた。

「おまえは親分の命令を忠実に守ってきた。違うか」

「おっしゃるとおりです」

「それなのに、俺を頼った。相応の理由があるはずだ。で、俺は何も訊かずにおまえの頼み事を受けてやった」

「ありがとうございます」

「だが、してやれることは情報の提供まで……俺は現役なんだ。乾分もおる。堅気のために命は張れん。火の粉は己ひとりで払え」

「はい」

鳥原が頷き、肘掛にもたれた。

「なんの商売だ」

「ホットドッグを売っています」

「おう。本部で食ったのを憶えてる。なかなか美味かった」

口元が弛んだ。憶えていてもらえてうれしかった。

「ホットドッグだけか。それで商売になるんか」

「なんとかやっています」

家賃、光熱費、仕入費など、店の維持費に約十五万円はかかる。アパートの家賃と光熱費で八万円ほどだから、一日四、五十本のホットドッグが売れれば暮らしていける。

「店は何時からだ」

雅人は壁の時計を見た。午後四時四十分になるところだ。

「かるく飯を食う時間はあるか」

「すみません」封筒を手にした。「この件で野暮用があります」

五時開店ですと言えば、礼を失する。昼の電話で《四時、俺の事務所に来い》と言われたときも二つ返事で応諾した。

立ちあがって頭をさげた。

「男を磨けよ。道端の石ころでも磨けば光る」

言って、鳥原がにんまりした。

雅人も笑みをうかべた。組長の受け売りだ。

――中身が変わらんのなら、見てくれをよくしろ。やくざにもできる見栄だ――

あとに続く言葉も憶えている。

急いで仕込みをおえたのは午後六時前だった。

一服したあとシャッターをあげた。

「これからか」

声がして、ふりむいた。

自販機の前に万世橋署の坊垣が立っている。気づかなかった。

「はい。家を出るのが遅くなりました」

「住まいは水道橋の三崎町だったな」

「そうです。よく憶えていますね」

「習慣だよ。警察官はどうでもいいことも覚えてしまう。電車で通ってるのか」

「ええ。たまにバイクで来ます」

きょうはバイクだ。水道橋から六本木、六本木から神田、どちらも電車の便が悪い。

「なにかご用ですか」

坊垣の表情がくもった。

「時間がないだろうから、中ですこし話せるか」

雅人は周囲を見た。人がすくない。客引き連中もひまそうに見える。

「坊垣さん、お食事は」

「まだだが、そんな時間があるのか」

「あそこで」路地向かいを指さした。中華屋がある。「食べませんか」

「あんたがよけりゃそうしよう」

シャッターはそのままにした。接客窓は閉じている。ドアに鍵をかけていないが、盗まれるものは置いていない。レジスターはロックしてある。

粗末なテーブルが四つ、カウンターには七人が座れる。先客はカウンターに三人、奥のテーブル席に二人いた。皆、見たことがある。街で働く者だ。

窓際のテーブル席に座った。

「ラーメンとチャーハンのセットを」

店員の中国女に言い、煙草をくわえた。この一両日、喫う本数が増えた。

「小瓶を一本。餃子とザーサイも」

言って、坊垣が左肘をテーブルについた。

「面倒はおきてないか」

「どういう意味ですか」

雅人は表情を変えずに訊き返した。坊垣はシャッターがあがるのを待っていたような気がした。一年の縁だが、その間に距離が近くなったという感覚はない。巡回の途中で目が合えば声をかけ、たまにホットドッグを買ってくれる。その程度の仲だ。店の前で待っていたとしたら自分に話があるからだろう。あるとすれば興神会の件しか思いつかない。だから食事に誘った。興神会の情報に飢えている。

店員が小瓶とザーサイ、グラス二つを運んできた。

坊垣が手に取る。

「飲むか」

「いいえ」

坊垣はグラスにビールを注ぎ、咽《のど》を鳴らした。

「ちょっと気になってね。うちの署の四係があんたの資料を取りにきた」

「俺のことなら、マル暴部署のデータに残ってるでしょう」

「そうなんだよな」坊垣が独り言のようにつぶやいた。「あんたに関するあたらしい情報がほしかったとしか思えん。こう言ってはなんだが、解散した組の継続監視は幹部にかぎられる。あんたの資料は最新でも一年以上前だ」

「坊垣さんの部署のデータには何が書いてあるのですか」

「あんたが営業認可の申請をしたものと大差はない」

坊垣がビールを飲み、ザーサイをつまんだ。

雅人は煙草をふかした。興神会の西田のときとおなじで、聞き役に徹する。

「心あたりはないか」

「ありません」

「ここまで話していいのかどうか迷ったが……」

坊垣が声を切った。料理が運ばれてきたからだ。

「食べながらでもいいですか」

「もちろん」

雅人が食べだすと、坊垣も餃子を口にした。

「興神会が追っている女は身内のような者だったらしい」

「興神会の誰かの女ということですか」

「そうかもな」

雅人は、ラーメンを半分食べ、レンゲに持ち替えた。

「どうして、そんな話を俺にするのですか」

「四係があんたに興味を持ったからだ。連中によれば、あの夜、興神会が配った写真の女をあんたの店の前で見たと……店の中の者と話しているようだったという証言を得たらしい。しかし、それだけではない気がする」

「…………」

雅人は手を止め、坊垣を見つめた。意味するところがわからない。

坊垣が言葉をたした。

「その事実確認なら、あんたから事情を聞けば済む」

「ほかに何があるのですか」

「四係は、女の行方を追い始めたのではないかと思う。その女が興神会にとってめざわりな存在だとすれば、興神会を狙うきっかけになる」

「点数稼ぎですか」

暴力団幹部を逮捕すれば署長賞もののおおきな点数を稼げる。

坊垣が苦笑を洩らし、すぐ真顔に戻した。

「遅かれ早かれ、四係はあんたから事情を聞く」

「そう言われても……」

坊垣が手のひらでさえぎった。

「ほんとうのところはどうなんだ。女を見たのか、女と話したのか」

「見てません」

きっぱりと言った。

「興神会はあのあと何も言ってこないのか」

「はい」

若頭の西田に呼びつけられたことを喋れば話が長くなる。

「それなら問題ないと思うが……不愉快な話をして申し訳なかった。かつて三好組の親分にお世話になったせいか、あんたのことが気になるんだ」

「坊垣さんには感謝しています」

雅人は箸を持った。食欲が失せても食べるしかない。わが身のためだ。


バイクを停めて、アパートの自室を見あげた。

カーテンから灯《あかり》は洩れていない。

周囲を見渡した。静かだ。路上に車も人影もないのを確認し、階段をのぼった。

ドアを開けた。暗い。音もなかった。

照明をつけ、部屋に入る。詩音の姿はない。隣室のドアを開けた。

「お帰り」

声がした。詩音はベッドに横たわっていた。

「具合が悪いんか」

「考え事をしてた」

声に元気がない。

一緒にリビングに移った。雅人は座卓の前に胡坐をかく。

詩音が缶ビールとグラスを運んできて、斜め前に座った。

「いまごろになって後悔し始めたんか」

「まさか」

詩音が怒ったように言った。

「どうして灯をつけない」

「暗いところが好きなの。気分がおちつく」

詩音が二つのグラスにビールを注いだ。

雅人はひと口飲んで、煙草を喫った。

「なにを考えてた」

「いちいちうるさいね」

「そんな言い方があるか」

詩音が視線をぶつけ、顎をしゃくった。

「おまえ、そうとう捻《ひね》くれてるな」

「おおきなお世話よ。あんたには迷惑をかけてるけど、干渉はされたくない」

「せん。人のやることに文句は言わん。けど、気になる」

「どうして」詩音が視線を戻した。「赤の他人なのに」

「見かけは普通の女のおまえが、どうしてやくざのカネを盗んだのか」

「わたしを抱くからさ」

「はあ」

「飽きられる前に……裏切られる前に、裏切ってやる。ざま見ろって気分……これでわかった。わたし、普通じゃないの」

雅人はじっと詩音を見つめた。頭に靄《もや》がひろがりだした。

詩音がグラスを半分空けた。

「あんた、前科は」

「ない」

「人を傷つけたことは」

「ある。やくざだったからな。パクられなかったのは運がよかったからだ」

「運か……そうかもね」詩音がつぶやいた。「わたしは執行猶予付きの有罪判決だった」

詩音がグラスをあおった。

おとといの話と食い違うが頓着しない。雅人は頬杖をついた。話を聞く気分になった。

自分から問えば、詩音は喋るのをやめそうな気がする。

詩音が両肘を座卓にあて、腕を交差させた。顔が近づく。

「やさしい目、してるね」

「ん」

「怒っても目はやさしい。でも、いつまで続くか。本性を見せな」

「己の本性がわからん」

詩音が目を細めた。ほんの一瞬、頰に翳《かげ》がさした。またビールを注ぎ、メンソールをくわえる。天井にむかって紫煙を吐いた。

「大学を卒業した年だった」

詩音が顔のむきを戻した。が、視線は合わさない。

「二年前からつき合ってた男がいてね。アルバイト先のラーメン店のオーナーだった。働きだしてひと月が経ったころ、わたしが司法試験をめざしてると言ったら、真剣な顔をして、勉強に専念しなさいと……生活の面倒は自分が見るって。わたしもその男が好きだったし、実家は母子家庭で貧しかったから、好意にあまえた」

記憶をたぐるふうでもなく、詩音は淡々と語った。

「男は幾つ」

「その当時は三十七歳だった。独身で、店はけっこう儲かってた」

雅人はまた口をつぐみ、あとの言葉を待った。

詩音は煙草を消してから話を継いだ。

「四年生のとき、最初の受験に失敗した。へこむことなく、つぎをめざして頑張った。卒業式の翌日だった。突然、男が結婚しようと言いだした。そんな気はないし、司法試験のことで頭が一杯だったから、てきとうにかわしていたんだけど……」

詩音がくちびるを嚙《か》んだ。

雅人はまばたきを忘れた。

「ある日、男が酔っ払って家に来て、暴れだした。獣の目をしてた。殴られて、蹴られて……あげく、おまえに使ったカネを返せと」

「幾ら」

つい声がでた。感情が引き込まれている。

「一千万円よ。どういう計算でそんな額になるのかわからないけど……わたしは、それなら裁判にかけてと言った。暴力を受けたことは警察に訴えるとも……男は怒り狂って、おまえの実家に電話しろ……俺が話をつけると……実家の事情を知っているのに。わたしはうろたえた。母は病弱で、母の面倒を見ていた姉は看病疲れと将来への不安で鬱になっていたから……それだけはやめてと泣いて頼んだのに、男はますます激高した。わたし、そとに出ようと必死で逃げた」

詩音が煙草のパッケージに手を伸ばした。

雅人はライターの火をかざした。詩音が顔を寄せる。

瞳に炎が映った。濡《ぬ》れているように見えた。

「気がついたら、果物ナイフを……男はうずくまり、脇腹を押さえてた。シャツが赤く染まって、見る見るうちにひろがった」

「正当防衛は認められなかったのか」

「取り調べで反抗的だったから。検事は、カネほしさで交際していたと……心証が悪かったみたい。わたしは抗告しなかった」

雅人は首を左右にふった。かける言葉が見つからない。

詩音の声がしばしの沈黙を破った。

「どうして話したのかな」

「なんの話だったたか、もう忘れた」

「ばかね」

詩音が白い歯を見せた。幼子のような笑顔だった。

「喋りすぎて、おなか空いた」

「弁当を買ってきてやる」

「午前三時の弁当なんて……ご飯を炊いたから、あるもので何かつくって」

雅人はキッチンに行き、冷蔵庫を覗いた。

「玉子がある。チャーハンがいいな」

声が届き、苦笑がこぼれた。中華屋のチャーハンは食べた気がしなかった。はでな銃声が聞こえてきた。ＤＶＤの映画とわかる。

親分は事務所でよく映画を観ていた。その影響なのか、週に二、三本のＤＶＤをレンタルしている。ほとんどはハリウッドの娯楽映画だ。

ベーコンと玉ねぎのチャーハンの上に目玉焼きをのせた。

「サンキュー」

声があかるくなった。詩音がコンビニのスプーンを手にした。

「この男、かっこいいね」

「ジェイソン・ステイサムか。主演した映画はどれもおなじ……単純におもしろい」

DVDデッキに挿してあるのは『パーカー』。悪党の道理とやらで、自分を裏切った連中に復讐《ふくしゅう》する。ついでに、数十億円の宝石を奪い取る。

そこまで思いだして、頬が弛んだ。どこか似ている。しかし、詩音に道理はあるのか。復讐なのかどうかもわからない。

雅人は、共演のジェニファー・ロペスが好きで、何度も観ている。

あっというまに、詩音がチャーハンをたいらげる。ビールを飲んで声を発した。

「あんた、警察にコネはある」

「どうして訊く」

「調べてほしいの。新宿署の石川って巡査部長を」

「部署は」

「組織犯罪対策課よ。どんな事案を担当しているのか。理由は訊かないで」

「やってみる」

即答した。詩音の昔話を聞いたせいだ。

詩音の個人情報も頼んでみる。そう決めた。

★　★

新宿三丁目からJR新宿駅南口の前を通り、西新宿へむかう。

何度か、行き交う人と肩がぶつかった。金曜の午後二時過ぎ、駅のコンコースや歩道は人でごった返している。大半は十代か二十代前半の若者である。

たいして歳は離れていないのに、かけ離れた世代のようだ。

いつもならそんなことを思いながら、昼間のまぶしい光景を眺めるのだが、いまの美和には感慨どころか、若者たちの笑顔も目に入らなかった。

——あった。野村喬。会社は、新宿KY興産……たしか、不動産業だと聞いた——

——肩書は——

——執行役員、総務部長よ——

——会社の住所と電話番号を教えて——

思案の底には電話での詩音とのやりとりがある。詩音の頭の中を推察しようとすればするほど頭がこんがらがってくる。他人のことに無関心を決め込んでから一年あまりが経っている。姉のような感覚で接する詩音に対しても、表情や言葉の背景を読もうとは思わなかった。そういうふうに己を戒めながら生きてきた。

《二時半、京王プラザに来てくれ》

正午にかかってきた野村の予約は、用事がある、とことわった。詩音が野村のことを気にしていたからだ。おそろしい目に遭うような、漠とした予感もあった。が、気が変わった。野村に会えば詩音の頭の中が覗《のぞ》けるのではないか。詩音によくないことがおきているのなら手助けできるかもしれない。そう思った。いつものラブホテルではない。名の知れたシティーホテルで、しかも、昼下がりである。悪い予感は消せた。

十分後には野村に電話した。

――やっぱり、行きます。おカネはほしいし……――

野村は、《それでいい。なによりだ》と言い、通話を切った。

何がなによりなのか。それも気になっている。

京王プラザホテルの二十三階にあがり、客室のチャイムを押した。

すぐにドアが開き、野村が顔を見せた。スーツを着ている。中肉中背。温厚そうな顔をしているが、縁なしメガネの奥の眼光は鋭い。

「入りな」

おだやかなもの言いだが、どこか一般人とは異なる響きがある。

美和は、野村のあとに続いた。

ツインルームだった。窓際に二人用のソファと円テーブルがある。

野村がベッドの端に腰をおろした。

「シャワーをお借りします」

言って、美和はバッグをソファに置いた。商売道具を入れたボストンバッグは持ってこなかった。ローションプレイやＳＭプレイを好む客とは直取引をしない。

バスルームの扉を引く。

「きゃあ」

悲鳴がでた。

バスタブの縁に、ずんぐりとした男が腰かけている。赤児でもわかるやくざ面だ。

「騒ぐな」

男がどすを利かせた。

手首を取られ、部屋に連れ戻された。

「座れ」

美和は、バッグを手にし、ソファに座した。腰がぬけそうだ。膝がふるえだした。野村のほうを見た。視線は合わなかった。野村は携帯電話をさわっていた。

ずんぐり男が正面に座った。

「河合美和だな」

美和は頷いた。あなたは、のひと言がでない。

「詩音から電話はあったか」

目をぱちくりした。悪い予感は的中したようだ。

「答えろ」

思わず首をふった。

平手が飛んできた。窓側に身体が傾く。痛みは感じなかった。

「西田さん」野村が声を発した。「おてやわらかにお願いしますよ。この部屋は俺の本名でとったんです」

「うるせえ」西田と呼ばれた男が野村を睨んだ。「文句があるなら本部の若頭《カシラ》に言え」

野村が口をつぐんだ。

やくざ稼業では西田のほうが格上なのだろう。美和は思った。西田の指示で自分を呼びだしたのか。それなら、野村は自分を助けてくれない。

「手をだせ」

美和は恐る恐る左手を前にだした。西田が引く。前のめりになった。

西田が両手で美和の手をさすった。

「男がよろこびそうな手だな」西田がニッと笑い、右手で美和の人差し指を包んだ。「それもきょうまで……正直に答えないなら、ふしくれだらけになる」

西田の手に力がこもった。

折られる。とっさに思った。が、抵抗のしようがない。

「水曜の午前十時ごろ、電話があったな」

「はい」

観念した。事実確認の質問だと悟った。

「どんな話をした」

「月曜に会えるかと……痛い」悲鳴がもれた。指をねじられた。あとすこしの力で折れるだろう。「ほんとうです。詩音さんとはたまに会って……」

「最後に会ったのは」

「ひと月以上前です。そのときも詩音さんに電話で誘われました」

口調がなめらかになった。うそを正当化するしかない。

西田が手の力をぬいた。

「会う約束をしたんか」

「はい。でも、時間や場所は当日に連絡すると……詩音さん、どうかしたのですか」

「おまえ、詩音とは長いんか」

「ことしの冬から、仕事で……」野村がいるのでうそはつけない。「歌舞伎町のヘルスで一緒に働いていました。短い期間でしたが」

「そのあと、詩音は」

「神田の街金で働いていると聞きました」

野村の耳が気になる。街金でアルバイトをしないかと持ちかけた本人なのだ。

「なんて街金だ」

美和は頭をふった。店名を言えば野村に疑われる。

「ケータイをだせ」

バッグに手を入れた。スマートホンも持っているが、デリヘルの仕事中は携帯電話しか使わない。仕事ではメールをやらないし、車を運転する同行者がいるのでアプリの地図を見る必要はない。待機中にゲームなどの端末を利用する習慣もない。

西田がひったくるように携帯電話を奪った。手を放し、データを確認し始めた。

美和はちいさく息をついた。

《この番号は消去して。登録はしないで》

詩音からのショートメールのあとにかけ直したとき、詩音にそう言われた。理由を教えてくれなかったが、詩音はこうなることも想定していたのだろう。

《……美和はなにも考えちゃだめ》

考えなくても巻き添えを食らった。すこし怨《うら》んだ。だが、事情を教えられていれば対処の仕方が変わったかどうかはわからない。この件は真衣の部屋に送った宅配物と関係がある。確信できるのはそのことだけだ。

西田が携帯電話を突きつける。発信履歴が表示されている。

「この番号は誰だ」

訊《き》かれ、心臓が止まりそうになった。真衣の番号だ。

「友だちの真衣さんです」

うそは通じない。真衣の携帯電話の番号とメールアドレスは登録してある。

「詩音から電話があったあと、真衣に電話した。なんの用があった」

「ランチに誘ったんです。寝ていたらしく、三十分ほどして連絡がありました」

西田が発信履歴と着信履歴を照合した。

「同業か」

「いいえ。介護のお仕事をしています」

西田が顎をしゃくった。わずかな間のあと、携帯電話をテーブルに置いた。

「詩音に電話しろ」

美和は、登録してあるほうの番号にかけた。

「でません。オフになっています」

西田がソファに背を預けた。

「きょうのところは解放してやる。が、このことは詩音に話すな。詩音から連絡があれば会え。連絡があり次第、会う場所と時間を野村に報告しろ」

美和は西田を見つめた。

「詩音さんが何をしたのですか」

弱々しい声で訊いた。

「迷惑を蒙《こうむ》った。あの女、とんでもねえワルだ」

「そう言われても……」

「うるさい」西田が邪険にさえぎる。「言うとおりにするか、はっきり返答せえ」

ことわればどうなるのですか。疑問に恐怖心が蓋をした。

西田が続ける。

「詩音を逃がすようなまねをしたら、おまえを覚醒剤《シャブ》漬けにして売り飛ばす」

「……」

「おまえが逃げてもおなじことだ。親兄弟も徹底的に追い詰める」

美和は空唾をのんだ。

「わかりました。詩音さんから電話があれば野村さんに連絡します」

「それでいい」西田が立ちあがる。「野村、あとはまかせる」

言い置き、西田が部屋を去った。

野村が西田のあとに座る。

「とんだとばっちりだな」

野村のもの言いはやさしかった。

「どういうことなのですか。どうして、わたしと詩音さんの仲が……」

「やくざの情報網は半端じゃない」野村が煙草をふかした。「たとえば、警察しか入手できない情報も容易《たやす》く手に入る」

「通話記録とか、ですか。小説で読んだことがあります」

「想像はやめろ。怒り狂ったやくざは始末に悪い」

「あなたも……」

「訊くな」

野村の表情が締まった。

「おまえをかばえば俺の身もあやうくなる」

「わたしがあなたに連絡すれば、詩音さんはどうなるのですか」

「わからん」野村がそっけなく言う。「詩音の電話からおまえに……おまえの電話から俺にたどり着いたようだ。事情を聞いてびっくりした。いまのところ、トラブルとは無関係の第三者という立場だが、俺をあてにするな。西田さんとの約束を守ればおまえをかばってやることもできるが、そうでない場合、俺は何もしてやれん」

美和は息をついた。肺が萎《しぼ》み、背がまるくなった。

野村が財布を手にし、三万円をテーブルに置いた。

「持って帰れ」

「受け取れません」

「そう言うな。呼んだ時点で取引成立だ。俺に恥をかかせるな」

「でも……」

野村が腰をうかした。

両手で顔をはさまれ、くちびるをふさがれた。野村の右手が美和の胸をもみしだく。抵抗しなかった。十秒ほど経って、身体が自由になった。

野村が三万円を手に握らせる。

「続きをたのしみにしてるぜ」

「わかりました。いただいて帰ります」

美和はカネをトートバッグに収め、腰をあげた。

「おまえのむごい姿は見たくもねえからな」

背に声が届いた。が、ふりむけなかった。

どの道を歩いてネットカフェにたどり着いたのか。

美和の頭の中は行きに増して混乱していた。

部屋に入るや詩音に電話した。あたらしい携帯電話の番号はメモ用紙に書きとっていた。

つながらず、ショートメールを送った。

《大変なことになった。連絡ください》

履歴を削除すると、ため息がこぼれた。

スエットに着替え、携帯電話と煙草を持って部屋を出た。

喫煙室に仲居の良子がいた。いつもよりも表情が暗く見える。

「あっ、美和さん」

良子がおどろいたように言った。

「こんにちは」

美和も、入るときに声をかけなかった。

また良子の表情が沈んだ。

美和は煙草をふかしてから話しかけた。

「どうかしたのですか」

「ちょっと……頼まれてもらえませんか」

蚊の鳴くような声だった。

「何を、ですか」

「お店に行って、わたしの荷物を……ごめんなさい。勝手なことを……」

「辞めたのですか」

それしかうかばなかった。

「辞めるしか……」

良子が声を切り、天井を見る。まつ毛がふるえだした。

美和は煙草を消した。

「裏の喫茶店に行きませんか」

「えっ」良子が視線を戻した。「でも、大丈夫でしょうか」

「わたしはひまです」

「そうではなくて……わかりました。ご一緒に」

美和は部屋に戻り、財布と錠剤をポケットに入れた。精神が持つか自信がない。

そのあいだ、良子は靴脱ぎ場に立っていた。

裏の出入口の近くに古びた喫茶店がある。街の住人しか知らないような店に、先客がひとりいた。カウンターでスポーツ紙を読んでいる。

　奥の四人掛けテーブル席に座った。

「コーヒーをください」

　美和は、腰の曲がった老婆に言った。

「おなじものを」

　良子が言い添える。

　老婆が離れると、カウンター内の男が億劫《おっくう》そうに立ちあがった。夫婦なのだろう。七十代と思える男の頭は光っている。

　美和は、良子がくわえた煙草に火をつけてやり、自分も喫いつけた。

「ご主人に見つかったのですか」

　喫煙室でひらめいたことを口にした。

「そうみたい。一時間ほど前、お店から電話があって……五十年配の男の人が来て、この人が働いていませんかと、写真を見せたそうなの」

　良子が勤める店は日曜祭日が休業日で、平日はランチ営業もしていると聞いた。

「お店の人はなんて答えたのですか」

「いませんと……わたしの事情を知っているのは店長と仲居頭だけなんだけど、応対した人によれば、男の雰囲気が悪く、目が血走って見えたのでうそをついたそうです。男が店を出たあと電話をもらって……背格好や人相が似てるの」

「最近、お知り合いの方と会われましたか」

良子が首をふる。

「わたし、こわい」

「辞めなくても……しばらく休んで、様子を見たらどうですか」

「いや」叫ぶように言った。「あの人があらわれたお店に近づきたくない」

良子の顔が青ざめ、瞳がゆれだした。

さっきのホテルでの自分もおなじ顔をしていたのだろうか。ふと、思った。初めて味わう恐怖だった。他人の心への恐怖はいまも引きずっているけれど、それとは異質の、圧迫感を覚えるおそろしさだった。指を握られた瞬間は心臓が止まりそうになった。うそをつきとおせたのが自分でも信じられないくらいである。

老婆がコーヒーを運んできた。テーブルに置くときカップがゆれ、ソーサにこぼれた。

老婆は気にするふうもなく、カウンターに戻った。

良子がシュガーを入れて飲む。

美和はそのまま口にした。意外なほど美味《うま》かった。香りも立っている。

「お願い……」良子が目でもすがった。「お店に行ってくれませんか」

「わかりました。急ぎますか」

「美和さんの都合のいいときに……でも、週明けにはお願い。行く日時が決まればわたしがお店に連絡します」

「そうしてください」コーヒーで間を空けた。「これからどうするのですか」

良子が眉をひそめた。

「どうしたものか……この先もおびえながら生きて行くのかと思うと……」

「お店の方はネットカフェに住んでいるのを知ってるのですか」

「それも二人だけ」

「応対した方は」

「知らないと思う。店長か仲居頭が話していなければ、だけど」

「それなら、へたに動かないほうがいいかもしれませんね」

「……」

良子がうつむき、手に持つコーヒーカップにため息をおとした。突然、カップがゆれだし、コーヒーがこぼれた。

美和は、あわてて良子のカップを奪い取った。

「あんなやつ……死ねばいいのに」

良子が吐き捨てるように言った。

背筋につめたいものが走った。殺してやる。そう聞き違えるような響きだった。

「警察に行きましょう」

とっさに声がでた。

「絶対にいや」良子が激しく頭をふった。「警察は信用できない。わたしが保護を求め、警察が主人から事情を聞いているあいだ、主人の知らない友だちの家に隠れていたんだけど……その友だちと警察しか知らないことが主人にばれて……友だちの機転がなければ、地獄の家に連れ戻されるところだった」

良子が話している最中に携帯電話がふるえた。ディスプレイの番号を確認し、そのままにした。相手は真衣だった。あとでかけ直せばいいと思った。

良子がハイライトをくわえ、立て続けにふかした。

「仕事もしなければいけないし……でも、先のことは考えられない」

「部屋はいつまで借りているのですか」

「年末までの分は支払ってる」

「それまで働かなくても生活はできますか」

三か月くらいの生活なら支えられる。そんな気分になっている。

良子が頷いた。

「月曜にでもお店に行ってきます。店長か仲居頭か、伝えたいことがあればおっしゃってください。時間は先方の都合に合わせます」

「ありがとう。美和さんに知り合えて、よかった」

良子の頬を涙が伝った。

見ているうちに過去を思いだした。わたしは涙も流せなかった。頼る人は皆無だった。

だから、詩音が大切な存在になった。

★　　★

区役所通りを大久保方面に歩き、風林会館を過ぎたところで右折した。

ラブホテルが林立している。昼下がりの路地に人の行き来はすくないが、ホテルは繁盛しているだろう。このあたりのホテルにはデリヘル嬢が頻繁に出入りしている。

石川洋は、ホテルの駐車場の出入口で煙草をくわえた。壁際にスタンド式の灰皿が置いてある。ホテル利用客ではなく、この界隈《かいわい》で仕事をする、売春斡旋《あっせん》屋やデリヘル嬢のガード役、島を仕切る者たちへの配慮だ。

煙草を喫いつけ、むかいのマンションを見あげた。

四階の右端に山岸組の本部事務所がある。その通路むかいと真下の部屋には常時三、四人の組員が常在している。

出入口脇の自動ドアが開いた。

「ご苦労様です」

篠田勝《しのだまさる》が丸盆に載った冷茶を差しだした。

二十五歳になったか。勝との縁は四年前にできた。当時は不良グループの一員だった勝が些細《ささい》なことで地場のやくざと喧嘩《けんか》になり、相手の腹部を刺した。逮捕したのは石川だった。傷害罪で二年六か月の実刑を喰らい、二年二か月で仮出所した。出所直後、勝は新宿署に石川を訪ねてきた。拘置所と刑務所に一度ずつ差し入れに行ったのがうれしかったようだ。不良グループの仲間からは一通の手紙さえも届かなかったという。

――俺、半可はやめます。ほんもののやくざになります――

礼の口上のあと、勝はそう言い切った。本気の目をしていた。

石川は、その場で決心した。山岸組の幹部が、敵対する暴力団の技の組員を刺した勝を自分の組に入れたがっていた。石川は勝をその幹部に引き合わせた。どうせクズになるのなら乞われてクズになるほうがましというものだ。

その日から、勝は山岸組本部の部屋住みとなった。

石川は冷茶を飲んだ。

「ホテルで面倒事か」

「いいえ。ただの当番です」

ラブホテル『流星』は山岸組のフロントが経営している。地下には山岸組がトラブルの処理などで使用する部屋があるという情報を得ているが、確認はしていない。

「どちらへ」勝が訊いた。「お供しましょうか」

「洒落《しやれ》にならんぞ。マル暴の刑事がイケイケのやくざを連れ歩いてどうする」

勝が手のひらを坊主頭にのせた。やくざ稼業が性に合ったのか、笑顔が増えた。身体もひとまわりおおきくなった。

石川はグラスを盆に戻した。

「事務所に顔をだしてくる」

「若頭がおられると思います」

あたりまえだ。そうは言わなかった。


マンション四階の部屋のチャイムを鳴らした。

ジャージを着た男に案内され、応接室に入る。

若頭の武見《たけみ》彰充《あきみつ》はソファの中央にふんぞり返っていた。一七〇センチ、七〇キロほどだが、大地に根を張ったような貫目がある。三十七歳で若頭に就いたのも頷ける。

「お客さんですか」

丁寧に言った。が、へりくだる気はない。武見と向き合う男を気にした。

「身内だ」武見が破声《われごえ》を発した。「座れよ」

石川は、武見の斜め前に座し、おなじソファの端に座る男を見た。経験を積んだやくざの面構えだが、記憶をたぐっても誰だかわからなかった。

「西田、新宿署の石川さんだ。なにかと世話になってる」

男が身体をひねり、顔をむけた。

「お初です。興神会の西田と申します」

五十二歳の武見よりも年長に見える。が、やくざ社会は代紋と格がすべてだ。興神会が山岸組の下部組織なのは知っている。若頭が西田というのも記憶にある。

「組織犯罪対策課《ソタイ》の石川です」

「マル暴ですか」

「ほかは経験がありません。新宿署の前は池袋に四年ほどいました」

言わなくていいことまで言った。西田を気遣った。やくざは面子《メンツ》にこだわる。警視庁のマル暴担当に名前と顔を憶えられてなんぼの稼業である。組員十名前後の組織といえども石川が知らなかったのは癇《かん》にふれただろう。

「ほれ」武見が白封筒をテーブルの中央に置いた。「手数をかけた」

石川はそれを二つ折りにしてセカンドバッグに収めた。これまで封筒の中身を確かめたことはない。だが、指先の感覚でわかる。十万円と察した。いつもの倍だ。

乾分《こぶん》がコーヒーを運んできた。夜の訪問時は酒の種類を訊かれる。

武見が続ける。

「あの資料は西田に頼まれたんだ」

石川は横をむいた。

「お役に立ちましたか」

「おかげさまで」西田が答えた。「もうひとつ、頼みがあります」

石川は武見を見た。どういうことだ。目で訊いた。

水曜に電話がかかってきて携帯電話の番号を告げられ、通話記録を入手するよう頼まれた。所有者はレンタル代行業者だったが、使用していれば通話記録は残る。

「あの番号の持主が不始末をしでかしたそうだ」

「何者ですか」

「コソ泥だ。西田が被害を蒙った」

「ほう」興味が湧いた。「コソ泥ごときに、あなたが動くとは思えませんね」

「コソ泥には違いないが、額がおおきい。三千万円を持ち逃げされた」

「伯父貴《おじき》」西田が声を張った。「それくらいにしてもらえませんか」

興神会と己の体面を気にしたのだろう。それにしても、なかなかの度量だ。上部組織を束ねる若頭に苦言を呈する者など滅多にいない。

「むきになるな。石川さんは信頼できる。そこいらの集り刑事《たかりデカ》とは違う。それなりの筋を通さなければ、梃子《てこ》でも動かん」

さんづけは尻がもぞもぞする。二人のときは呼び捨てにされる。

「石川さん、西田の話を聞いてくれ」

石川は視線を横にむけた。

西田がメモ用紙を差しだした。

それを手にした。声が洩《も》れそうになった。

090−4×2△−8△×1　河合美和、とある。

動揺は隠した。やくざ相手につけ入られるようなまねはしない。武見に渡した通話記録に載っている番号のひとつだろう。あとで確認する。データはコピーしてある。

「この女、〈レンタルケータイ〉の使用者とつながってるのですか」

西田は答えない。機嫌は直っていないようだ。武見が口をひらいた。

「ああ」

「女に接触したんですか」

「おい」武見が凄《すご》んだ。「つまらん詮索はするな」

石川はおおげさに肩をすぼめた。

依頼はもうひとつある。美和の個人情報だ。

「名前だけではむずかしいかもしれません。生年月日と住所を教えてください」

「知らん」

西田がつっけんどんに言った。やくざの地がでてきた。

うそだ。直感した。

自分への追加依頼は、〈レンタルケータイ〉の使用者の身柄を確保できず、三千万円を回収できていないことの証左だ。西田は、〈レンタルケータイ〉の使用者と美和の関係を疑っている。そうでなければ、美和ひとりの個人情報をほしがるわけがない。

「美和の勤務先くらい教えてくれませんか」

「デリヘルで働いてる。店名と電話番号はあとで知らせる。デリヘルの店長に石川さんのことを話しておく。けど、美和には接触しないでもらいたい」

厳重警戒ですね、コソ泥に遭ったくらいで。そう茶化したくなった。

石川は話を先に進めた。頭の中には幾つもの疑念がある。

「興神会の島は万世橋署の所管ですね」

「それがどうした」

「コソ泥事件を、万世橋署は把握してない」

「あたりまえだ。そんなどじは踏まん」

「警察からの情報は入るんですね」

「どういう意味だ」西田が声を荒らげた。「てめえ、何が言いたい」

いまにも咬《か》みつきそうな形相になった。

「西田、言葉を慎め」武見が窘《たしな》めた。「お世話になってるんだ」

石川はあとに続いた。

「やれることはお手伝いします。しかし、近ごろは情報管理にうるさくて……万世橋署が動いていれば、通話記録を入手したことで自分が目をつけられる」

「ふん」西田が鼻を鳴らした。「受けた恩義は黙って返せ」

「それくらいにしておけ」武見が割って入った。「西田、用が済んだら帰れ。俺は、別件で石川さんに話がある」

「わかりました」

西田が不満顔で言い、腰をあげた。

二人の乾分が玄関まで見送る。

武見がソファに胡坐《あぐら》をかいた。

「捜査は進んでるのか」

「そう簡単には行きません。専従班ができて二週間ですよ」

石川は苦笑まじりに言った。

新宿署に〈歌舞伎町薬局壊滅専従班〉が設置されたのは八月末のことだ。新宿には覚醒剤やドラッグを売買する複数の〈薬局〉が存在する。〈歌舞伎町薬局〉は神戸に本部がある神俠会《しんきょうかい》の三次団体、新明会《しんめいかい》が仕切っている。ことしの春に別の〈薬局〉を摘発した勢いを駆って、新宿署組織犯罪対策課五係は〈歌舞伎町薬局〉の内偵捜査を始めた。当初は薬物捜査担当の一個係で行なっていたのだが、八月半ばになって状況が激変した。神俠会が二つに割れたのだ。〈歌舞伎町薬局〉は神俠会本家筋の暴力団が仕切っている。神俠会と新組織との抗争を危惧した警視庁は、資金源を断つべく、〈歌舞伎町薬局〉の一斉摘発のための特別捜査班を設置した。警視庁組織犯罪対策部の管理官の下、警視庁から四名、新宿署から七名が選抜された。マル暴担当と薬物担当の面々である。

石川も指名された。理由のひとつは〈歌舞伎町薬局〉と縁がないからだ。

「不穏な空気があるのですか」

「ない」言下に答えた。武見の表情が締まった。「皆がぴりぴりしてるのは確かだが、組織を挙げての戦争にはならん」

「そうは言っても、関西への配慮もあるでしょう」

山岸組組長は、神俠会を割ってつくった新組織の幹部と兄弟縁を結んでいる。その幹部の枝も歌舞伎町でしのぎをかけている。

「関西からなんの注文もない。むこうは山岸組の力を信頼してる」

武見が葉巻をくわえる。乾分がライターの火をかざした。

「けど、雑魚は何をしでかすかわからん。とっととパクれ」

「それなりのご協力をいただければ、ご期待に応えられるのですが」

石川は薄く笑った。

「しのぎがかぶってるんだ。売れる情報と売れん情報がある」

「薬物のほうはどうでもいいです」

武見が目を見開いた。

「新明会を潰してくれるんか」

「そっちが専門です」

「考えておく」

武見がソファにもたれ、葉巻をふかした。

もう帰れという仕種だ。

石川は諦めた。美和に興味があるけれど、武見は話さないだろう。新宿署のマル暴担当になって以来のつき合いだから武見の気質はわかっているつもりだ。

風林会館の角から歌舞伎町花道通りに入り、円筒形の交番を過ぎた。左に曲がり、路地の中ほどにある喫茶店に入った。

塚田《つかだ》安彦《やすひこ》が手をあげた。組織犯罪対策五係の巡査部長だ。階級はおなじでも五つ下の三十八歳。専従班でコンビを組んでいる。

座るなり、塚田が頭をさげた。

「すみません。まだ消息をつかめません」

塚田は〈歌舞伎町薬局〉の俊也を監視していた。石川が美和に訊問《じんもん》している間も、先にカラオケボックスを出た俊也を追尾した。

俊也は組織の新参者で、路地裏や飲食店、マンガ喫茶などで若者を相手にドラッグを売っている。末端の小物だが、幹部の成田《なりた》に重宝がられている。元はオレオレ詐欺の〈掛け子〉だった。達者な口と人あたりの良さが受けて、成田に引きぬかれたという。つまり、オレオレ詐欺組織も〈歌舞伎町薬局〉もおなじ穴の狢《むじな》、元締は新明会である。

石川の班は、北原《きたはら》警部補以下四名が成田を標的にしている。

塚田が俊也を見失ったのは昨夜のことだ。新大久保にある新明会の事務所を出たのが午後十一時前だった。大久保通りでタクシーに乗り、区役所通りに入った。運悪く、塚田は後続のタクシーを拾えなかったという。

石川はコーヒーを頼んでから話しかけた。

「やつは自宅に帰らなかったのか」

「ええ。午前中はアパートを見張り、昼から事務所に張りついていたのですが」

「気にするな。そのうち事務所に戻る。戻らなきゃ成田にしごかれる」

「そうですね」

塚田が安堵《あんど》の表情を見せた。

コーヒーが来た。ひと口飲んで煙草を喫いつける。

塚田がすこしのけ反った。嫌煙家だ。が、文句を言われたことはない。

「石川さんのほうはどうでした。あの女らは何者ですか」

塚田と会うのはカラオケボックス以来だ。昨夜の会議はさぼった。深夜の塚田からの電話は無視した。急用なら何度も連絡してくるので、そのときは受ける。

山岸組の事務所に通話記録を届けると、武見に誘われた。ステーキハウスに行き、酒場で飲んだ。酒も女も嫌いではない。いまも歌舞伎町の女と縁がある。その女は自前の店を持つのが夢で、結婚願望はない。結婚のほうは石川が勝手にそう思い込んでいる。

「二人は店を出てすぐに別れた。俺は、遅れてカラオケボックスに入った女を追ったが、まんまと撒《ま》かれた」

うそをついた。よくやる。

「気づかれたのですか」

「俺があまかった。女は伊勢丹の婦人服売場で物見していた。のんびりしてる様子だったからトイレに行った。売場に戻ったら消えてた」

「俊也の客でしょうか」

塚田が声をひそめた。

「違うだろう。撒かれたあとカラオケボックスに行き、防犯カメラの映像を見た。薬物の取引も使用も確認できなかった」

それは事実だ。美和の供述のウラを取るために足を運んだ。真衣という女をはさんで美和と俊也が何やら話をし、俊也が携帯電話で誰かと話した。それだけのことだが、だからよけい気になっている。美和は他人に聞かれたくない用があってカラオケボックスを利用したのではないか。そう読んだ。

「別の女も初顔でした」

俊也と真衣は区役所の玄関前で合流し、カラオケボックスにむかった。

そのさい、塚田がカメラに収めていた。

「データと合致する者はいなかったのか」

「ええ。犯歴はなさそうです」

石川は両肩をまわした。とぼけ続けるのも疲れる。

井上真衣の素性は知れた。美和の供述どおり、介護の仕事をしている。気になるのは真衣の収入である。介護職を五年近くやっているが、彼女が在籍する会社によれば、この二年間は休みがちだという。腰痛と腱鞘炎《けんしょうえん》の持病をかかえているとも聞いた。去年の収入は手取り百五十七万円、ことしは八か月で百万円に満たなかった。

けさ、会社に登録してある自宅アパートを訪ねたが留守だった。人が住んでいる気配はあったが、メールボックスの名前は違った。それも気になっている。

真衣のほうは塚田に託してもいいのだが、それでは辻褄《つじつま》が合わなくなる。方便のうそもつきすぎればいろいろと支障を来たすものだ。

山岸組の事務所で面を合わせた西田の顔がうかんだ。

――警察からの情報は入るんですね――

――どういう意味だ……てめえ、何が言いたい――

――やれることはお手伝いします。しかし、近ごろは情報管理にうるさくて……万世橋署が動いていれば、通話記録を入手したことで目をつけられる――

あれも方便だった。西田の表情と口ぶりは万世橋署に伝《つて》があることをにおわせた。それなのになぜ、西田は自分に依頼したのか。

理由は二つ考えられる。万世橋署にコソ泥事件の情報を摑《つか》まれたくない。もうひとつ、コソ泥事件の被害者は西田ではなく、武見ということである。武見はタヌキだ。被害者は西田だと印象づけていたように思う。

なんらかの目的で武見が用意したカネを西田が盗《と》られた。

そう推察すれば、西田の鬼の形相も納得がいく。上部組織の山岸組あるいは武見のカネなら、盗まれた西田は重い責任を負うことになる。下手をすれば海に沈む。

「どうかしましたか」

声がして、それていた視線を戻した。

「頼みがある」

「なんですか」

「でたらめな事案を使って、万世橋署に協力を要請してくれないか」

「はあ」塚田が眉尻をさげた。「どういうことです」

「神田に興神会という暴力団がいる。そこの動きを知りたい」

「自分らの事案に関係あるのですね」

「もちろん」

「どうして自分に頼まれるのですか」

「俺が動くのはまずい。それが知れたら情報元にそっぽをむかれる。マル暴担当は裏業界からの情報がすべてなんだ。わかるだろう」

塚田がまじめな顔で頷いた。

「具体的な指示はありますか」

「最近、興神会の周辺でトラブルがおきなかったか。とにかく、連中の動きだ」

「興神会は〈歌舞伎町薬局〉の新明会と縁があるのですか」

「上は反目だ。が、枝同士が仲良くすることはよくある」

「へえ」

塚田がおどろきの声を発した。

薬物に暴力団が深くかかわっているのは周知の事実でも、薬物担当の捜査員が暴力団の内情に精通しているとはかぎらない。逆に、知らないことのほうが多いだろう。暴力団対策法と暴力団排除条例が施行されたおかげで、暴力団は警察を遠ざけるようになり、マル暴刑事とやくざ者のギブ・アンド・テイクの関係は崩れた。

迷惑な話だ。武見は飯のタネ。だから、下手にでている。

「この話、誰にも言うな」

塚田が目をしばたたいた。

「うまくいけば警視総監賞ものの点数を稼げる」

「ほんとうですか」塚田が声をはずませた。「がんばります」

石川は笑顔で頷き、紫煙をくゆらせた。

★　★

ドアをノックする音がした。午後十一時になるところだ。

美和は急いでドアを開けた。

「あっ」

声が洩れた。眼前の女が詩音とわかるのにすこしの間を要した。黒いキャップを被り、濃い色のサングラスをかけている。

詩音は無言で部屋に入り、キャップをはずした。

またおどろいた。

「切ったの」

髪はショートカットになっている。しかも、初めて見る黒髪である。

「この格好のほうがめだつかな」

詩音が独り言のように言い、室内を眺めた。

「刑務所の独居房より狭そう」

「入ったことがあるの」

「そんなワルに見える」詩音がサングラスをはずした。顔は笑っている。「映画で観ただけよ。その部屋はトイレがあった」

「そんな話をしてる場合じゃないでしょう」

「そうだけど……とりあえず、喫っていいかな」

詩音が壁を背にして座り、細い煙草をくわえた。

「換気が悪いよ」

美和は携帯灰皿を渡した。幾つもある。煙草をカートンで買えばもらえる。

詩音が天井を見た。

「感知器もスプリンクラーもないね」

「丸一日いて千六百円だもん」

「高いな。山谷の木賃宿のほうが安くて、ひろい」

「ええっ」頓狂な声になった。「泊まったの」

「それも映画で観た」

詩音が澄まし顔で言う。

どこまでがほんとうかわからない。だが、詩音との会話は心が軽くなる。

それにしても、こんなときによく冷静でいられるものだ。

詩音が腕を伸ばしてテレビをつけ、音量をあげる。

美和は緊張した。これからが本題なのだ。

「ごめん。もっと注意していれば……」

「美和のせいじゃない。真衣がばかなのさ」

「宅配の中身はなんだったの」

「美和は知らなくていい」

「そんなこと言っても……」


語尾が沈んだ。

そのせいでわたしはやくざに殴られ、指を折られかけた。そうは言えなかった。野村に呼びだされたのと宅配物はつながっている。それは推測でしかない。事実なのは西田が詩音の行方を追っていること、詩音が窮地に立たされていることだ。詩音を非難するような言葉は控えるべきだ。美和はそう判断した。

「わたしのほうこそ、ごめん」詩音が神妙な顔で言った。「美和を巻き込みたくなかったんだけど、あまかった。その上、今度は真衣。わたしは疫病神だね」

「そんなことはない」

　美和は、すがりつくようにして詩音の膝をゆすった。

「詩音さんのおかげなのよ」目頭が熱くなった。「こうしていられるの……」

「ばかだね」

　詩音が笑った。そっぽをむき、煙草をくゆらせる。

　美和は姿勢を戻した。

「どうするの、これから」

　詩音が視線を戻した。笑顔は消えている。

「真衣の部屋はどこ」

「ひとつ下の階の、入口から二つ目よ」

　真衣はレディスフロアを希望しているが、まだ空きがでない。下の階は男女共用だが、長期滞在者を優先しているので女のほうが多いと聞いた。真衣は男女共用を嫌って最上階のコインランドリーを使っている。だから、真衣と知り合った。

「真衣の誕生日は」

「八月十五日だって」

敗戦の日に生まれたから運がない。真衣の口癖だった。

「ケータイの番号は」

美和は携帯電話のアドレス帳で確認し、その番号を教えた。

「〇八一五と七△×六か」

詩音がつぶやいた。

「なに、それ」

「暗証番号さ。これから真衣の部屋に行く。その二つでだめならほかの手を考える」

電話で真衣の暗証番号を知っているかと訊かれ、知らないと答えていた。

「その前に、もう一度、電話してみな」

真衣の携帯電話にかけた。でない。電源を切っているか圏外か。

「メールにしようか」

「むださ。何回も送ったんだろう」

美和は力なく頷いた。何回どころではない。何十回も電話をかけ、メールを送った。

「きのうの夜のことをもう一度話して」

詩音に言われ、気を取り直した。煙草を喫いつけ、別の携帯灰皿を持った。

「七時に待ち合わせて食事をし、ショットバーで飲んだ」

「そのとき、おかしな様子はなかったのか」

「うん。それどころか、仕事が決まって、はしゃいでた。歌舞伎町のヘルスで、週明けから働くと……表情はあかるかったし、やる気も感じた」

詩音が首を傾けた。思案顔だ。ややあって口をひらく。

「何時まで飲んでた」

「十時半ごろまで……真衣さんに電話が入って、それでお開き」

「誰から」

「稼いでくるって言ったから、たぶん、直取引の客だと思う」

「俊也か」

「……………」

言葉を失くした。想像もしなかった。

「誰とか、何時にどこで会うとか言わなかったか」

美和は首をふった。

「電話はそとで話していたし、わたしはいつも訊かないから」

「バーを出たあと、どうした」

「一緒に帰った。真衣さんは支度があるからね」

詩音が煙草を携帯灰皿に入れた。

「行くよ」

言われ、美和もあわてて煙草を消した。


携帯電話の下四桁の数字で、真衣の部屋のドアが開いた。

美和はどきどきした。真衣の部屋に入るのは初めてだ。死んでいるかもしれない。そんなことも頭にちらついていた。

詩音が照明をともした。

いろんなものがある。片隅に敷布団とタオルケットが畳んである。ちいさな手洗いの下にカラーボックス。シャンプーやリンス、ドライヤーに化粧品が置いてある。パソコン棚の下には小型の電子レンジとポットがならんでいる。

美和は、真衣の知らない一面を見た思いがした。几帳面《きちようめん》で、きれい好きなのだ。

「これか」

詩音が金庫に近づいた。扉は開いている。それを見て、腰をおろした。

美和も座った。

詩音が壁際に置いてあったボストンバッグを引き寄せ、中を調べだした。

床に移されたのは衣類ばかりだった。別のボストンバッグも開けた。中身はおなじだった。トートバッグも調べた。美和は、見たことのないバッグに興味を覚えた。いつも持ち歩くトートバッグは見あたらない。

介護に関する五冊の本、七冊のノートと二冊の手帳が入っていた。

詩音はそれらをざっとめくって、バッグに戻した。

「これは預かる」

「えっ」

「真衣を追う手がかりになる」

「そういうことか」

美和は感嘆まじりに言った。

詩音がゆっくりと首をまわした。

それを見ているうちに気分が悪くなってきた。親指と中指でこめかみを押さえた。

「どうしたの」

詩音が訊いた。

「なんかにおわない」

鼻腔《びこう》をひろげた。めまいがした。

「葉っぱかな」

「なに、それ」

「大麻さ。入ったとき、そんな気がした」

詩音が立ちあがり、壁のあちこちに顔を近づけた。

わけがわからず、美和は黙って見ていた。

ほどなく詩音が腰をおろした。

「常習ではなさそうね」

「どういうこと」

「真衣は、ここで大麻を吸った。それも、この一両日のことだと思う」

「そんなことをする人じゃ……」

「決めつけない」詩音が叱るようにさえぎった。「誰かに勧められたとか、他人のやることに興味を持ったとか……人は、発作的に思いもつかないことをするのさ」

美和は曖昧に頷いた。

「美和の部屋に戻ろう」

詩音が真衣のトートバッグを持った。

美和は、自販機で缶コーヒーとミネラルウォーターを買ってから部屋に入った。

テレビの音はそのままだった。それだけで隣室から苦情がきそうだ。

先に戻った詩音は、クッションに胡坐をかいていた。壁のどこかの一点を見つめ、深い思慮に嵌《はま》っているような表情をしている。

声をかけるのもはばかられた。腰をおろし、缶コーヒーを詩音の前に置いた。

詩音が顔をむけた。目つきが鋭くなっている。こわいくらいだ。

「真衣は、いつまで部屋を借りてる」

「今月いっぱい……来月分も払ったかもしれない」

理由を説明したが、詩音は興味なさそうだった。

「あの部屋はわたしが使う」

「大丈夫なの」

「西田に教えなかったんだろう」

「そうだけど、石川とかいう刑事が調べてるかも」

「そっちは来ても、なんとかごまかせる。それに、ずっといるわけじゃない。部屋を使うときは、悪いけど、美和に様子を見てもらう」

「悪くない。なんでもする」

詩音が苦笑した。

「気分はどう。治った」

「ましになった。あれ、ほんとに大麻のにおいなの」

「経験者が言うんだから間違いない。問題は誰とやったか。美和の話を聞くかぎり、自分で手に入れて吸ったとは思えない」

「まさか」美和は目を見開いた。「俊也って人が……」

「たぶん、きのう真衣に電話した客だろう。それが俊也なら手間が省けるんだけど」

「どうして」

「素性が知れてるからさ」

「真衣さんを捜すのね」

「あたりまえよ」

詩音は缶コーヒーを飲み、煙草を喫いつけた。

詩音にふてぶてしさが戻った。そう感じ、ためらいを捨てた。

「詩音さん、西田って男と面識があるの」

「うん。街金の守りをしてるからね。何度か話した」

「どうして怒ってるの」

「わたしが怒らせるようなまねをしたからさ」

詩音が面倒くさそうに言った。

口が重くなりかける。それを堪《こら》えた。

「どんな」

「あいつの大切なものを盗った。怒って当然……見つかれば殺される」

目も口も固まった。低い声音に背筋が凍りそうになった。

「だから、美和は何も知らないほうがいいのさ。西田にうそをつき、この先もわたしにかかわったとしても、事情を知らなきゃ殺されることはない。いざとなれば、警察に駆け込んで事情を話すか、西田にわたしを売ればいい。それで、美和は助かる」

「そんなこと……」

詩音が首をふった。

「皆、そうやって生きてるんだ。些細なことか、でかいことか……その違いだけさ」

「………」

返答できなかった。わかるような気がするけれど、認めたくない。

詩音は世情を諦視しているのか、斜視しているのか。いずれにしても、自分もそうすれば別の人生を見出《みいだ》せるかもしれない。そんなふうに思うときもある。

「防犯カメラを見れたらな」

詩音がつぶやいた。

「ここの」

「そう。玄関と裏の出入口、エレベータと通路の入口にもあった」

「確認したの」

訊きながら思った。キャップとサングラスは防犯カメラを意識したのだ。

「何時に出たのか。どんな格好で、連れはいたのか」

一つひとつ確認するような口調だった。

ひらめきが声になる。

「きのう、下の部屋で大麻を吸った。相手は俊也。詩音さんはそう思ってる」

「まあね」

詩音はそっけなく言い、缶コーヒーを飲んだ。咽《のど》が鳴る。

「大麻を吸えばどうなるの」

「頭が吹っ飛ぶ。空の彼方《かなた》まで。こわいものなし。感情も吹っ飛ぶからね。覚醒剤《シャブ》は逆……神経が研ぎ澄まされて快感を得られるけど、なにもかも疑ってしまう」

そう言われても、美和はどういう症状なのか想像できなかった。試してみたいとも思わない。現実から逃避できるとささやかれても拒むだろう。

またひらめいた。

「真衣さんはいまごろ後悔してるかも……大麻ってどれくらい効いてるの」

「人にも量にも由《よ》るけど、一回やっただけなら半日もすれば元に戻る」

美和はため息をついた。真衣と別れて丸一日になる。

「連れがいるのさ。そいつにそそのかされた。美和の話を聞いても、あの部屋を見ても、ほかは考えられない。真衣に悪意があれば、金庫に入れる前に中身を覗いてる」

同感だ。五万円の臨時収入で機嫌を直し、仕事先が決まったとよろこんでいた。客から電話が入ったあとの足取りも軽やかだった。

詩音の推察はたぶん中《あた》っている。

「あさって、電話しな」

「えっ」

「野村だっけ。無視したら、よけい面倒になる」

「でも、どう言うの」

「わたしから電話がかかってきたと……そうね、急用ができたから、あらためて連絡するって言われたと言いな」

「信じるかな」

「わたしが古いほうのケータイでかける。その履歴を見せな。どうせ、美和は呼びだされるはずだから」詩音が間を空けた。「電話しろと言われたらそのとおりにするんだ」

「でないんでしょう」

「でる」強い口調で言った。「野村でも西田でも話をする。当分の間かもしれないけど、それで美和の身は安全になる」

「詩音さんはどうなるの。電話で話がつくとは思えない」

宅配物のことがある。詩音が盗まれたと話しても、まるく収まるとは思えない。

——あいつの大切なものを盗った。怒って当然……見つかれば殺される——

詩音の声が鼓膜にへばりついている。

——詩音を逃がすようなまねをしたら、おまえを覚醒剤漬けにして売り飛ばす——

——おまえが逃げてもおなじことだ。親兄弟も徹底的に追い詰める——

西田の声にかさなっている。

「つくわけないじゃん」詩音がにべもなく言った。「西田は、自分の顔をさらしてまで美和を問い詰めた。わたしを殺《や》る気なのさ。末端の組織だけど、西田は幹部よ。しかも、島違いの新宿のホテルで……たぶん、上も躍起になってる」

「上って」

「上部組織のこと。歌舞伎町の山岸組って暴力団さ」

「山岸……」

「知ってるの」

美和は頷いた。

「デリヘルでわたしを運ぶ運転手が、うちは山岸組がついてるから安心だって。入りたてのころ、そう言われた」

「そうか」詩音が首を傾け、思い直したように口をひらいた。「電話くらいで話はつかないけど、時間は稼げる」

意味はわかった。真衣と俊也を追う時間がほしいのだ。

「真衣さんが見つからなかったら」

美和は、詩音の瞳を見た。

詩音もじっと見つめ返し、やがて、口をまるめて息をついた。

「わたしはね、悪いほうには考えない」

詩音がメンソールに火をつけた。

「これ喫ったら帰る。月曜の昼ごろ電話する。わかった」

「うん」

詩音がくわえ煙草でポケットをさぐった。万札がでてきた。二十万円ほどある。五万円を数え、美和の手に握らせた。

「小型の空気清浄機を買っておいて……二つ」

煙草を消し、詩音が立ちあがる。手には真衣のトートバッグがある。

美和は、座ったまま詩音を見ていた。

きょうは詩音のいろんな顔を見た。そんなことを思った。

★　★

日曜午前の六本木は閑散としていた。六本木交差点と六本木ロアビルの近くに数人の女が屯《たむろ》している。クラブ遊びに疲れたのか、歩道に座る子もいた。

雅人は、飯倉のマンションの前でバイクを停めた。ヘルメットをハンドルにかけ、チェーンを通す。なんでもかんでも盗まれる時代になった。

エントランスの階段に足をかけたところで、中から二人の男が出てきた。

「おお、斉藤じゃないか」中年のほうが声を発した。顔は笑っている。「堅気のくせにやくざの事務所に出入りしてるのか」

麻布署のマル暴担当の刑事だ。連れの若い男は知らない。

「近くに来たもんで」

雅人は無難に返した。相手が鳥原の情報元なのはわかっている。

「元気でやれよ」

刑事が階段を降りる。

雅人はエントランスに入り、エレベータに乗った。

黒っぽいスーツを着た若者に迎えられた。鳥原は乾分の身形にうるさい。ボディガードや運転手はいつもネクタイを締めている。

社長室に案内された。オフホワイトのコットンパンツに黄色のポロシャツ。鳥原はカジュアルな服装でソファに座っていた。

かつての親分の姿がかさなった。三好も事務所ではラフな格好をしていた。

「すみません。麻布署の連中に見つかってしまいました」

「気にするな。いまはむこうのほうが俺と接触したがる」

想像はつく。六本木を所管する麻布署はぴりぴりしているだろう。

鳥原の前に腰をおろした。乾分がお茶を運んできた。

「実弾《マメ》が飛びそうですか」

「ドンパチがあるとすれば偶発的な衝突だろう。で、面子にかかわるようなら組同士の抗争になるかもしれん」

六本木には幾つもの暴力団が根を張っている。本部を置く関東の組織もあるし、関西からも二次団体が進出している。分裂した神俠会の双方の組織が存在する。

「それより、わが身はどうなんだ。泥棒猫とねんごろになっちまったのか」

「そんなことはありません」

雅人は冷静に答えた。

詩音の話がでるだろうとは予期していた。

——四係があんたに興味を持ったからだ——

万世橋署の坊垣の話を鵜呑《うの》みにすれば、そういう結果になる。エントランスで鉢合わせた刑事が万世橋署のおなじ部署から情報を仕入れたのは容易に想像がつく。

「日曜なのに呼んだのは、おまえの身を案じてのことだ」

「ご心配をおかけして、申し訳ないです」

「女とくっついたまま海に沈もうが俺の知ったことじゃない。おまえがやることに文句をつける筋もねえ。けど、親分が泣く」

「……」

返す言葉がない。言訳もしたくない。詩音にかかわった経緯を話せば、聞いた鳥原はじっとしていられないだろう。

「事実確認はしてない」

言って、鳥原が肘掛にもたれた。

「火曜の深夜、覚醒剤《シャブ》の取引が行なわれる予定だった。それが急遽《きゅうきょ》のキャンセル。売り手側の都合ということで、買い手に詫《わ》びが入った。買い手は警察の動きを察して売り手が中止したと思ったようだが、その日、薬物担当は動いてなかった」

鳥原は、諳《そら》んじるように淡々と語った。断定口調から判断して、密売業者からの情報とわかる。それに警察情報を補足した。

雅人は地蔵のようになって耳を傾けた。鼓動だけが激しく乱れている。

鳥原が話を続ける。

「買い手が用意したカネは一千五百万円らしい。一キロのブツというわけだ」

一キロの覚醒剤は末端価格で三千万円を超える。一時は供給過剰で値が下がっていたけれど、人気歌手の逮捕を機に警察の取り締まりが強化され、値が急上昇した。末端価格の半値で購入するのだから買い手は中卸業者と思える。

売り手は山岸組の関係者か。それなら西田のあわてぶりも納得がいく。

「心あたりがありそうだな」

鳥原が眉ひとつ動かさずに言った。

「覚醒剤の件は初耳です。しかし、泥棒猫を匿《かくま》ったのは事実です」背筋を伸ばした。胆を据えるしかない。「けじめはつけます」

「ああ」

あたりまえのことをぬかすな。顔にそう書いてある。

「貴重な情報を、ありがとうございました」

雅人は腰を折った。

「勘違いするな」

「えっ」

「ここまでの話は戯言《ざれごと》や。おまえの独り言は忘れた」

鳥原がお茶を飲んだ。

雅人は納得した。きのう電話で依頼したのは別件である。

鳥原が胸ポケットに指を入れ、四つ折の紙を開いた。

「石川洋、四十三歳。新宿署の組織犯罪対策課に在籍して八年になる。マル暴ひと筋だ。山岸組若頭の武見とは入魂《じっこん》らしい。が、やり手という評判だから、ただの飼い犬ではなさそうだ。先月から、薬物事案の専従班に駆りだされてる」

「標的は山岸組の関係先ですか」

「敵対組織だ。〈歌舞伎町薬局〉……神戸の枝、新明会が束ねてる。神戸の分裂騒動で、抗争を懸念した警視庁が専従班を組んだらしい」

雅人は小首を傾げた。先ほど聞いた情報から、詩音が略奪したのは山岸組の覚醒剤と読める。だが、それならどうして詩音は石川の情報を知りたがったのか。

「泥棒猫のほうだが」鳥原が声音を変えた。「山口詩音、三十三歳。住所不定。実家は新潟県新発田《しばた》市で、母親と姉が住んでいる。T大法学部四年生のとき司法試験を受けたが、不合格。翌年、傷害事件をおこしてる。つき合っていた男を刺した。禁固一年六か月に三年の執行猶予がついた。保護観察中はキャバクラのホステスをしていたらしい。その後は空白の期間があり、わかっているのは、歌舞伎町のファッションヘルスに勤めたあと、ことし五月から『博愛ローン』の契約社員になったことだ」

鳥原が話しているあいだ、何度も頷いた。詩音の話と齟齬《そご》はない。初耳だったのは実家の所在地と大学名、それに保護観察中の行動である。

「間違いなさそうだな」

「ええ」

「いやな過去を話すとは……その女、おまえに気があるのか、気を許してるのか」鳥原がにやりとした。「おまえは、どうだ」

「どうと言われましても……迷惑な猫です」

「野良猫も家に居つけば情が湧くと言うぜ」

雅人は口をもぐもぐさせた。アパートに匿っているのを認めたようなものだ。

鳥原が真顔に戻した。

「これっきりにせえ。泥棒猫ばかりか、毛色の違う犬どもがまとわりつくおまえが出入りすりゃ、うちも面倒になる」

鳥原が卓上ライターを手にし、灰皿で紙を燃やした。

雅人は立ちあがった。

「ほんとうにありがとうございました」

深々と頭をさげた。

「最後の忠告だ。きょうのうちに部屋の掃除をしておけ」

鳥原がそっぽをむいた。

雅人は、もう一度会釈し、部屋をでた。


バイクに跨《また》がっていたのに、息があがっている。

気が急《せ》いているのに、階段をのぼる脚は重かった。

「おかえり」

ドアを開けると、間近で声がした。詩音はキッチンに立っていた。

「こい」

雅人は詩音の腕を引いた。

「なによ」

詩音が口をとがらせる。

雅人は座卓に腰かけた。

「バッグを持ってこい」

「どうして」

詩音の表情が険しくなった。雅人の異様な気配を察したのだ。

「つべこべぬかすな。とっとと持ってこい」

詩音が隣室に行き、トートバッグを手に戻ってきた。

それを奪い取り、ひっくり返した。中身が床に散らばった。カネも入っていた。百万円の束が二つある。だが、めあてのものはなかった。

「覚醒剤《シャブ》はどうした」

「……」

詩音の顔から表情が消えた。

「達者な口はどうした。覚醒剤はどこだ」

「ない」聞こえないほどの声だった。「もう、ない」

詩音がへたりこむようにして床に座った。

「覚醒剤を盗んだのは認めるんだな」

詩音がちいさく頷いた。

「街金の事務所にあったたんか」

「そう。覚醒剤以外はほんとうのことよ。おカネは、ついでに金庫から……」

「うるせえ」

怒鳴りつけた。拳が固まる。

「殴って」神妙な声だった。「ごめん」

「くそったれ」

雅人は拳骨で座卓を叩いた。

女に手をあげないと心に決めている。子どものころ、父が下駄の歯で母を殴った。母の額が割れ、顔面は血に染まった。雅人は父に突進して弾《はじ》き返された。それでもむかっていった。母に抱きかかえられたのを憶えている。

二十歳になってからは親分のふるまいを見て育った。

煙草をくわえた。くちびるもライターを持つ手もふるえた。

「どこにある」

「友だちに預かってもらった」

「いつ、どこで渡した」

「宅配便で送った。あのつぎの日の朝に」

「コンビニで」

詩音が頷く。

雅人は間を空けない。

「電話せえ。これから取りに行く」

「だめなの」

「ほざくな」

また拳が固まる。

詩音はじっと雅人を見つめている。逃げる気配はまったくなかった。

「盗まれた……」

声を切ったあと、詩音が事情を話した。

うそをついているようには思えなかった。

「おまえは、俊也という男が真衣の部屋を訪ねたと思ってるのか」

「勘だけど、一緒にズラかったと……美和の話を聞くかぎり、真衣ひとりであぶない橋を渡るとは思えない」

「そのネットカフェの場所を言え。俺が美和という女に会う」

「だめ」詩音が声を張った。「行けば、あんたがあぶなくなる」

「どういうことだ」

「美和は山岸組にマークされてる」

「はあ」

詩音が理由を話した。今度は何倍も長い話になった。

聞いているうち、あたらしい煙草に火をつけた。必死に頭を働かせるが、なにをどうすればいいのか、まとまらない。紫煙を吐いてから話しかけた。

「真衣の素性はわかってるのか」

「これから調べる。なんとしても見つけてやる」

耳慣れた声音に戻った。詩音の目に熱を感じた。

「調べるだと。己の命があぶないのに、動けるわけがないだろう」

「やる。やるしかない。美和のためにも、あんたの……」

「喋《しゃべ》るな」声高にさえぎった。「とにかく、美和に会わせろ」

「その前に、わたしが……お願い。好きにさせて。どうにもならなかったら、興神会の事務所に行く」

「警察じゃないんだ。出頭しても命はない」

「わかってる」

腹の底から搾りだすような声音だった。

詩音が立ちあがる。

「荷物をまとめる」

「出るのは日が暮れてからにしろ」

詩音が頭をふった。

十分が過ぎたか。詩音はデイパックを手に戻ってきた。

「これ、借りるね」

「ああ」

雅人はトートバッグを手渡した。中身は元に収めた。

「ありがとう」

「まめに連絡しろ。俺も動く。人に迷惑をかけた。わが身は惜しい」

玄関まで見送った。

詩音が背をまるめ、スニーカーを履く。

「髪を切ったのか」

いま、気づいた。きのう帰宅してから顔を合わせていなかった。深夜に隣室を覗いたときは寝息が聞こえた。けさは鳥原の電話で起き、顔を洗って部屋を飛びだした。そのあいだ、詩音はあらわれなかった。

詩音が目を細めた。

「気をつけろ」

「うん。あんたも」

詩音が顔を近づけた。

ドアが閉まると、雅人は手の甲でくちびるを拭った。

あまい感触が残っている。

翌朝、ドアを叩く音で目が覚めた。

昨夜は熟睡した。心配しても始まらないと映画を観た。内容は覚えていない。二本目の映画の途中にショートメールが届いた。

《生きてる。安心して》

詩音の携帯電話からだった。文字をじっと見ているうちに眠くなった。

起きあがる間もドアを叩く音は続いた。うるさい。怒鳴りたくなる。

雅人は、甚平を着たまま玄関にむかった。

「どなたですか」

「西田だ。開けろ」

怒声が響いた。

顔をしかめた。いやな予感がする。だが、開けなければ近所迷惑になる。急いで詩音からのメールを消去した。

チェーンをはずし、ドアロックを解除する。

ドアが勢いよく開き、男どもがなだれ込んできた。あっというまに両腕を取られ、部屋に引きずられた。背中を蹴飛ばされた。座卓の端で胸を打った。

雅人は亀になった。両腕を畳み、頭と顔を覆った。

両側から容赦ない足蹴りを喰らう。何発目かでうめき声が洩れた。脇腹に激痛が走る。

胃の中の残滓《ざんし》が咽元までせりあがり、息が苦しくなった。

片腕を取られ、ひっくり返された。

「舐《な》めやがって」

西田の踵《かかと》が鳩尾《みぞおち》を直撃した。咽につかえていたものが飛びでる。背をまるめた。

「探せ」

乾分の藤田と中本が家探しを始める。西田と、見知らぬ若者が残った。

「なんですか、これは」

西田に言った。声にするのもやっとだ。

胸元を摑まれ、上半身が起きた。拳を見舞われた。頰に激痛が走る。

「詩音はどこだ」

雅人は首をふった。

「あの夜、詩音はおまえの店に入った。一緒に出たこともわかってるんだ」

諦めた。防犯カメラで確認したのだろう。腐れ縁の警察を動かしたか。警察が独自に捜査し、その情報を入手したか。あるいは、ビルの管理者を威したか。いずれにしても、白を切りとおすのはむずかしい。

「認める」

雑なもの言いになった。丁寧に答える気にはなれない。

「バイクでここに連れ帰ったんだな」

「ああ。けど、目が覚めたら、消えてた」

言いおえる前に、また殴られた。血が飛び散る。くちびるが切れたようだ。

「若頭《カシラ》」

中本が大声をあげた。

雅人は視線をふった。収納庫が荒らされ、床には物が散らばっている。

中本が紫の袱紗《ふくさ》を座卓に置いた。

「カネです。三百万あります」

「やめろ」叫んだ。にわかに血が騒いだ。「さわるな」

うしろから背を蹴られた。が、西田を睨みつけた。ここは退けない。

西田が百万円束のひとつを手にした。

「なんのカネだ」

「親分に頂戴した」

「退職金か」

「親分の心だ」

「ぬかすな」中本が吠《ほ》えた。「若頭、この野郎のおとしまえとして……」

「うるせえ」西田が一喝した。「やくざが代紋を粗末にするな。けじめは身体でとる」

西田が札束を戻し、袱紗に包んだ。隅に三好組の代紋が染めてある。

「兄貴」隣室から藤田が出てきた。「女のものはありません」

西田が腰をおとし、胡坐をかく。

面と向かう形になった。

「三好の親分が泣くぜ。正直に答えろ。詩音をどこに隠した」

「隠してない。逃げたんだ」

「一度は助けた女を粗末に扱うとは思えん」西田が顎をしゃくる。「あのカネを見ればわかる。おまえは筋金入りだ」

「そりゃ、どうも。けど、知らんものは知らん。たぶん、俺が問い詰めたからだ。あの女は三百万円を持ってた。街金から盗んだと……俺は、返すよう説得した」

西田が眉をひそめた。

「バッグの中を見たのか」

「見た。百万円の束が三つ。その下は服だった」

「それだけか」

「ああ。が、底まで見たわけじゃない。万札に気が行った」

「叔父貴、いいですか」

うしろから声がした。初見の男だ。

「なんだ、勝」

「うちの若頭から、身柄《ガラ》を押さえたら連れてこいと言われています」

「承知だ」

西田が苦々しい顔で言った。

そのとき、ドアを叩く音がした。

「おい、西田、いるのはわかってるんだ。開けろ」

男の声が届いた。

「くそったれ」西田が毒づく。「中本、開けろ」

白いワイシャツに黒っぽいズボンを穿いた男があらわれた。歳は四十代後半か。丸顔に太い首、胸板は厚みがある。そのうしろに三十歳前後と思《おぼ》しき男がいる。こちらは中肉中背、坊主頭だが、やさしそうな顔をしている。最後に中本が戻ってきた。

「原さんよ」西田がひと声放った。「俺を尾けてたんか」

「それが仕事だ。が、おまえの仕事の邪魔になるから十分だけ待ってやった」

「けっ」

「わかったら引きあげろ。交替だ」

「こいつに」西田が目で雅人を指した。「まだ用があるんですがね」

「あとにしろ。それとも、仲良く取調室に行くか」

「てめえ」勝と呼ばれた男が声を凄ませた。「ふざけるな」

「ほう」原が視線をやる。「新顔だな。名前は」

「うるせえ」

「なんだと」

原の相棒がつっかかり、勝の右腕をねじあげた。ポケットをさぐる。

「これはなんだ」

折り畳みのナイフを手にしている。

「血はついてねえぜ」

勝がせせら笑う。

原の相棒が顔を真っ赤にし、腰の手錠に手をかけた。

「銃刀法違反の現行犯だ」

「待ってくれ」西田が言った。「山岸組の篠田勝だ。それで勘弁してくれ」

「いいだろう」

原が応じると、相棒は勝の腕を放した。

西田が腰をあげる。

「行くぜ」

四人が出るのを見届けたあと、原が雅人の前に胡坐をかいた。笑顔だ。

「ぼこぼこにされたみたいだな」

「たのしそうですね」

「人の不幸は、そんなもんだ」さらりと言う。「懲りたか。人助けも楽じゃないだろう。

それとも、昔の血が騒ぎだしたか」

「ご託をたれる前に手帳を見せてくれませんか」

「万世橋署、組織犯罪対策四《ソタイヨン》係の原だ」

開いた手帳には警部補とある。所轄署なら係長だろう。

「連れは部下……なり立ての巡査部長だ」

「西田を尾けてたというのはほんとうですか」

「ああ。で、協力してくれ」

「なにを」

「一から始めたけりゃ任意同行を求める。いいのか」

「わかりました。けど、何を話せばいいのか……質問してくれませんか」

雅人は煙草を喫いつけた。くちびるがひりひりする。

「山口詩音はどこにいる」

「知りません」

「いつ、この部屋を出た」

「ドアのそとで聞いてたんでしょう」

「信じてない。この近くの防犯カメラの映像を回収すればわかることだ」

雅人は、ため息を紫煙に絡めた。

「きのうの昼過ぎです」

「どこへ行った」

「知りません。訊いたけど、答えなかった」

「詩音の電話番号は」

「ご存知でしょう。さっきの連中は通話記録を見てると思いますが」

皮肉をこめた。通話記録も防犯カメラの映像も警察なら容易に入手できる。

「見たのは万札だけか」

「そうです」

「たかが三百万円で、西田がみずから出張ると思うか。しかも、上部組織の山岸組の若い者がくっついてたんだ」

「そう言われても」

「正直に答えろ」部下が言う。「でなきゃ引っ張るぞ」

勢い込む部下を、原が手でなだめた。

「まあ、いいだろう」原がメモ用紙にペンを走らせた。「俺のケータイだ。何時《いつ》でもかまわん。その気になったら電話してこい」

二人が部屋を出て行く。

雅人はメモ用紙を見た。

名前と電話番号のあと、ちいさいトの字を○で囲ってある。

自分に都合のいい予感もたまにはあたる。

――最後の忠告だ。きょうのうちに部屋の掃除をしておけ――

原の顔を見た瞬間、鳥原の声が鼓膜によみがえったのだった。

★　　★

美和は、歌舞伎町花道通り沿いの料理屋を出て、広場を横切った。

そんなものなのか。胸でつぶやく。わかっているつもりでも心はさみしくなる。

――かわいそうな人ね。良子さんには、がんばるようお伝えください――

それだけですか。声になりかけた。

今後の仕事のこととか、良子さんにお伝えすることはありますか。

そう訊ねたときの、仲居頭の言葉である。なんの感情も感じなかった。店にとっても、
店長や仲居頭にとっても、もはや良子は迷惑な存在なのだろう。良子の夫が店で暴れるようなことがあれば、良子の身になにかあれば、店は風評被害を蒙る。

携帯電話で時刻を確認する。午前十時二十三分。まだ時間はある。昼ごろ電話する。詩音は言った。電話は部屋で受けるつもりだ。そのあとのことを思うと気分が重くなる。先に、良子との約束を済ませておこうと外出したのだった。

衣服や小物類の入った紙袋がやたら軽く感じる。

新宿靖国通りを渡り、新宿通りへむかう。家電量販店の看板が目に入った。

どうしよう。迷いはすぐに消えた。空気清浄機は面倒事がおわってからだ。詩音がネットカフェに近づけなくなる展開もありうる。自分は喫煙室で喫う。

そう思うと、さらに気分が沈んだ。

良子は喫煙室にいた。

「ありがとう。ご迷惑をかけました」

言って、良子は受け取った紙袋を床に置いた。

ゴミ袋を扱うような仕種に見えた。

この人は店の人の反応を知りたかったのではないか。それで自分に依頼した。

美和はあわてて煙草を喫いつけた。自分の推察がいやになる。他人の態度や言葉に反応するから精神を病んだ。病んでいたから反応した。どちらでもおなじだ。要は他人に接触しないことだと自分を縛っているのに、つい他人にかかわってしまう。

「どうだった」

良子に訊かれたが、目を合わせられなかった。

「いやな思いをさせてしまったみたいね」

「そんなことはないです」思わずむきになる。「仲居頭さんは良子さんのことを気遣っていました。がんばってくださいとのことでした」

「そう……ほかには」

口調がきつくなった。

美和は首をふった。うそはつけない。

「お給料のこととか……一年二か月、休まず働いたのよ」

声に悔しさがにじんだ。

美和は煙草をふかした。指先がふるえた。そういう話をしたければ自分で行くべきだろう。その思いは胸に留めた。夫のことがある。

「仕方ないね」良子が言い、肩をおとした。「どうしよう」

「お仕事、わたしも探してみましょうか」

「風俗は……」良子が声を切り、苦笑した。「気を遣ってくれて、ありがとう。美和さんにはお世話になりました」

良子がかるく頭をさげ、通路に出た。

取り残された。美和はそう感じた。この場から逃げたかったのは自分である。

なんとなく部屋に戻る気がしなくて、階下の真衣の部屋に入った。おとといのままだ。においは気にならなかった。床に携帯灰皿がある。詩音が使ったものだ。

美和は座って壁にもたれ、開いたままの金庫を見つめた。

中身はなんだったのだろう。カネだとしたら本一冊分は幾らになるのか。

とりとめのないことを思っては、ため息をつく。

――わたしを殺る気なのさ――

詩音の言葉に背筋が凍りそうになった。

詩音が去ったあと、考えたことがある。頭が冴《さ》えて、眠れなくなった。

――防犯カメラを見れたらな――

あのひと言が頭から離れなかった。

携帯電話がふるえた。詩音からだ。耳にあてる。

「無事なの」

《だから、電話してる。美和はどこにいるの》

「部屋よ。戻ってきたところ」

《でかけたのか》

「うん。ちょっとした用があって」
《尾けられなかった》
「えっ」
《やくざに》
「わからない。ぼっとして歩いてたから」
その可能性があると教えられていても、周囲を観察する余裕はなかった。
「ほんとにいいの。詩音さんは平気なの」
《野村に電話しな》
《平気じゃないけどさ。やんなきゃ》
緊張している口ぶりではなかった。
「じゃあ、電話する」
通話を切って、煙草を喫いつけた。ひりひりする。咽が渇いていた。ポットの横にペットボトルがある。それを飲み、両手の指を絡めて背筋を伸ばした。
携帯電話を手にする。すぐにつながった。
「美和です」
《連絡があったのか》
早口だった。野村は携帯電話を手に待っていたように感じた。

「たったいま……急用ができたのでまたにしようと言われました」
《つまらんことは喋らなかっただろうな》
「はい」
すこしの間が空いた。
《このまま待て》
言われて、美和は携帯電話を耳にあてたまま煙草をふかした。想像はつく。西田に連絡するのだ。そのあとのことを考える時間はなかった。
《三十分後、歌舞伎町のラブホにこい。いつものホテルだ》
「強引なんですね」
《おまえ、自分の立場がわかってないようだな》
「わかっています。どうしてこんな目に遭うのか、わからないけど……」
《いずれわかる。おまえがうそをついてりゃ身体で思い知る》
「うそなんて……支度があるので切ります」
携帯電話を乱暴に折り畳んだ。
信号待ちをするたび、ふりむいた。
それらしい男は見あたらない。詩音の勘ぐりすぎか。自分に見分ける目がないのか。集中力が散漫になっているせいもあるだろう。

詩音に連絡するべきか否か。迷いながら歩いている。歌舞伎町のラブホテル街に近づくにつれて鼓動が高鳴り、脚が重くなった。

——いざとなれば、警察に駆け込んで事情を話すか、西田にわたしを売ればいい。それで、美和は助かる——

詩音の言葉が背を押している。そんなまねはしない。自分に言い聞かせてある。

区役所通りを右折し、ラブホテル街に入った。

前方に『流星』の文字が見える。昼間のネオンは汚れがめだった。

近づくと、坊主頭の若者が立ちふさがった。

「美和か」

乱暴なもの言いだ。

「そうです」

「ついてこい」

若者は駐車場に入り、奥の階段を降りた。

足がもつれた。客室ではなさそうだ。が、逃げる勇気はない。

若者が暗証キーで扉を開ける。

「入れ」

命令に従った。

四十平米ほどか。正方形の床にはダークレッドのカーペットが敷いてある。天井と壁はコンクリートがむきだしだった。天井に二本の太いパイプが渡され、四つのスポットライトが吊《つ》るしてある。数本のロープも垂れ下がっている。奥の両隅に半球形の防犯カメラ。そこから黒いコードが壁を這《は》うようにくねっている。

視線を移し、はっと息をのんだ。

左隅のパイプ椅子に小太りの男が座っている。ひどい顔だ。両瞼《まぶた》は腫れあがり、くちびるはタラコのようにめくれている。足を投げだし、両腕はだらりと垂れている。かすかに風の鳴くような音が聞こえる。それで生きているのがわかった。

「こっちだ」

美和は若者を見た。

右隅に黒いコーナーソファがある。若者はその前のパイプ椅子を指さした。

ほっとした。息が楽になる。ソファには西田と野村が座っていた。野村が自分の味方であるわけがないのに、地獄にいる地蔵のように見えた。

「あれを見たか」

西田がひどい顔の男にむかって顎をしゃくった。

「ああなりたいか」

美和は頭をふり、椅子に腰かけた。座ってもふらふらする。部屋を出る前に精神安定剤の『コンスタン』をのんだけれど、効きそうにない。

しかし、症状はない。現実のほうが、空想の恐怖を超えているのだ。

「ケータイをだせ」野村が言った。「音をオープンして詩音に電話しろ」

美和は、携帯電話をテーブルに置き、ハンズフリーにした。

《どうした、美和。いま忙しいんだけど》

詩音の声だ。聞き慣れたもの言いだった。

「舐めるな、こら」

西田の声が響いた。

《だれ……西田のおっさんか》

「このガキ」西田が舌を打ち鳴らした。「ブツと万札を持ってこい」

《そこに美和がいるのか》

喧嘩腰の男口調になった。

「おい、声をだせ」

西田が言いおえる前に、若者に髪を摑まれた。

「詩音さん……」

「もういい」

西田がさえぎった。

「わかったか。居場所を言え。すぐ迎えに行く」

《ごめんだね。あんたの顔なんざ、見たくもない。このド変態》

「なんだと」

西田の眦《まなじり》がつりあがった。

《おっさん。わたしが社長とデキてんの知ってて押し倒したの、忘れたんか》

「てめえ、なにをぬかしやがる」

声がうわずった。

野村の瞳が端に寄った。防犯カメラを意識したのか。それなら、防犯カメラに収音マイクもついているのだろう。

そんなことを考える自分に安堵した。まだ頭は狂乱状態になっていない。詩音の声のおかげかもしれない。形勢はあきらかだ。西田のあわてふためく様は滑稽にも見える。

《美和に手をだしたら、報復してやる。こっちは新宿KY興産の野村喬の素性もわかってるんだ》すこし間が空いた。《美和、ごめん。非常事態なんだ。わたしが神田の街金に勤めた経緯を話してやんな》

美和は返答できなかった。だが、野村の顔は見た。青ざめ、頰は痙攣《けいれん》していた。

《おい、ド変態。話を聞いたら、美和を解放するんだ。一時間待ってやる。それまでに美

和から連絡がなければ、ブツを持って警察に出頭する。わかったか》

通話が切れた。

「くそ。舐めやがって。勝、女をロープに吊るせ」

言いおわる前に別の声がした。

「はい。勝です」

それで気づいた。勝の耳にイヤホンが差してある。ブルートゥースか。

「承知しました」

勝が西田に顔をむけた。

「叔父貴。若頭がお呼びです」

西田が顔をゆがめた。

「野村さんも、お願いします」

西田と野村がすごすごと部屋を出た。

「おい、女」勝が言った。「きょうのところは帰してやる」

美和は立ちあがれない。助かったとは到底思えなかった。

来た道を戻り、ネットカフェに着いたときは覚悟を決めていた。

「お帰りなさい」

フロント主任の中島《なかじま》に声をかけられた。顔を合わせるたび、話しかけられる。回数を憶えていないほど、デートに誘われた。相手をしたことは一度もない。真衣も口説かれると言っていた。

「ねえ、お願いがあるんだけど」

美和は、カウンターに両手をのせ、顔を近づけた。

「なんでも聞くよ」

中島がやにさがる。いかにも女にだらしない顔だ。

「あやしい男がレディスフロアをうろついてるの。井上真衣さん、知ってるでしょう。その話をしたら、真衣さんの階でも似たような男を見たって」

「そんな男がいれば、防犯カメラでわかるはずだけど……」

自信がなさそうな声音だった。ろくにモニターを見ていないのだ。

「お願い、モニターを見せて。この二、三日の分でいいから」

中島がカウンターの置時計を見た。午後〇時半になるところだ。

「三十分くらいなら……食事に行った部下が一時に戻ってくるんだ」

美和は頷いた。長居は無用だ。詩音が連絡を待っている。

「どこで見られるの」

「そっちの」左側を指差した。「ドアから入って」

《御用の方はベルを押してください》

そう書かれた札をカウンターに置き、中島が左に移動した。ドアが閉まる。

五平米ほどの事務室は雑然としていた。業務用らしきものはひとつのデスクと椅子が二脚、幅約一メートルのスチール棚くらいだ。壁のハンガーラックには衣類がだらしなく掛かっており、床のダンボールにはカップ麺やペットボトルが入っていた。

美和は、デスクのモニター画面を見た。十六分割になっている。画質は鮮明だ。

「ここに座って」

言われ、美和はデスクの椅子に腰かけた。

中島も座り、くっつくように椅子を寄せ、マウスを手にした。

「いつの日を見る」

「最後に見たとき……先週の金曜、午後十一時ごろからの映像をお願い。真衣さんもおなじころに見てるから、下の階も見たい」

中島がマウスを操作する。

「時間がないから早送りするよ」

話すたび、ニンニクの臭いが鼻についた。

部屋に戻り、消毒薬で手を洗った。

カウンター脇の事務室には二十分ほどいた。モニターを見ているあいだ、中島は美和の髪にふれ、途中からは胸をさわりだした。好きにさせた。そんな男だと思うから相談を持ちかけたのだ。目的を達成したときは痛いくらい乳房をもまれていた。お礼に手でヌいてやった。一分とかからず、中島は果てた。

タオルで手を拭い、肩をまわした。身体は硬くなったままだ。

クッションに座った。じんわり力がぬけていくのがわかる。横になれば眠ってしまうだろう。その前にやることがある。携帯電話を手にした。

《無事なのね》

いきなりの声は先ほどとは別人のそれだった。

「助けてくれて、ありがとう」

《なに言ってるの。わたしのほうこそ助けられてる。いま、どこ》

「部屋に帰ってきた」

《おいで、下にいる》

「えっ」

《美和が呼びだされた。真衣の部屋に入る絶好のチャンスじゃない》

「そうか。電話くれたとき、近くにいたのね」

《そういうこと。美和がでかけるのを見てから動いた》

ひと声かけてくれればいいのに。愚痴がこぼれかけた。

《コンビニで弁当を買ってきて》

「うん」

声が元気になった。身体も力を取り戻したように感じる。

詩音は壁にもたれてスマートホンをさわっていた。きょうもテレビをつけている。

「買って来た」

美和も座り、レジ袋から二つの弁当とお茶のペットボトルを取りだした。ネットカフェ裏の喫茶店のならびに行列のできる総菜屋がある。

「サンキュー」

詩音がスマホをデイパックに収め、割箸を手にした。

「美味そう」

詩音が鮭の西京焼に箸をつけた。十種類以上のおかずが入っている。

美和は、お茶を飲んでから話しかけた。腹は空いているが、先に報告したかった。

「さっき、防犯カメラの映像を見た」

詩音が手の動きを止めた。にわかに顔がほころんだ。

「詩音さんの推察どおりだった。あの日、真衣さんが部屋に戻った二十分後、俊也が真衣さんの部屋に入った。早送りで見たから正確じゃないけど、二時間くらい居たのかな。午前一時過ぎ、二人は一緒に部屋を出た」

「どんな様子だった」

「俊也はきょろきょろして……手に紙袋をさげてた。入るときは持ってなかった」

「真衣は」

「俊也の陰に隠れて顔はほとんど見えなかったけど、トートバッグをさげ、おおきめのリュックを背負ってた」

「ふーん」

詩音の首が傾いた。思案するときの癖だ。

「見たのはそれだけ」

「そう。フロントの男に三十分だけと釘を刺されたから。で、早送りになった」

「やっぱり美和はわたしの女神ね」

「はあ」美和は顔を突きだした。「そうすることを期待してたの」

「あくまで期待よ」

詩音が目元を弛め、ふたたび箸を動かした。

「あきれた」怒る気もしない。「必死に考えて、行動したのに」

「どう考えた」

美和は作戦を披瀝《ひれき》した。

「フロントの男は疑わなかったのか」

「モニターを見てるあいだ、わたしの身体をさわってた」

「そいつもド変態か」

「もう」美和は拗《す》ねて見せた。「ただ働きしたのに……手抜きだけど」

「わかった。いやなことさせて、ごめん。美和も食べな」

美和は箸を持った。

しばらくして、詩音が口をひらいた。

「どこに連れ込まれた」

「野村がいつも利用する歌舞伎町のラブホテル……こわかった」

詩音が眉をひそめた。

美和は、『流星』の地下室の様子を詳細に話した。

「街金の社長だな」

「えっ」

「ぼこぼこにされてたやつさ」

「どうして。身内なんでしょう」

「だから、生きてる。赤の他人なら死んでる」

目がまるくなった。詩音はこともなげに人の生死を語る。何度聞いてもおどろく。

「やつは油断したのさ。わたしと寝てたから」

「西田とも……」

「あれはでたらめ。セクハラはされたけどね」

「詩音さんが野村の名前を言ったときは心臓が止まりそうになった。てっきり京王プラザのことを喋るのかと思った」

「そんなまぬけじゃない」

「ねえ、訊いていい」

「なにを」

「ああいう話をすると決めていたの。だから、野村に電話しろと言ったの」

「想像にまかせる」

詩音が視線をおとした。

その話はしたくない。そんな仕種に見えた。美和も食べることにした。詩音と一緒なら食欲が戻るかもしれない。そう思って自分の分も買ったのだった。

きれいに食べおえた詩音がお茶を飲み、煙草をくわえた。

「ごめん。空気清浄機、まだ買ってない」

「気にしない」

詩音が旨そうに煙草をふかした。

美和も箸から煙草に替えた。弁当は半分ほど残した。

「ブッてなに」さりげなく訊いた。「西田が、ブッと万札って……」

声が切れた。詩音の目つきがきつくなったからだ。

「前にも言ったじゃないか。美和はなにも知らないほうがいい」

勝手なように思うが、逆らうほどのことではない。話題を変えた。

「真衣さんを捜してるの」

「これから見つける。美和のおかげで、あいつらが持ち逃げしたのがはっきりした」

「でも、どうやって」

「あれから、真衣のノートと手帳を暗記するほど読んだ」

「手がかりがあったのね」

詩音が頷いた。

ノートや手帳に書いてあることを話すつもりはなさそうだ。

「きょうはここに泊まるの」

「暗くなったらでかける。最後の休息……かな」

「縁起でもないこと言わないで」声が強くなった。「怒るよ」

詩音が笑った。

「疲れたろう。美和も部屋に戻って、寝な」

詩音が身体を横たえる。

手枕が様になっていた。


どれくらい眠っていたのだろう。

真衣の部屋の塵《ごみ》をダスターに投げ入れて部屋に戻り、ジャージに着替えた。口をゆすいで横になり、詩音とのやりとりを思いうかべるうちに瞼が重くなった。

ドアをノックする音が続いている。

身体を起こした。

「どなたですか」

「開けてくれませんか。石川です」

思いだすのに数秒かかった。いろんなことがありすぎて忘れかけていた。ファスナーを上まであげてからドアを開いた。

「突然に申し訳ない。ケータイを鳴らしたのですが」

「寝てました」石川の肩越しに通路を見た。「おひとりですか」

「そうですが、なにか」

「ドラマでは刑事さんが二人で行動してるので……」

ていた。時刻は午後八時を過ぎている。

「基本はそうです。すこしお時間をください」

ことわる理由が見あたらない。けれども、部屋には入れたくない。

「この格好なので、五分ほど待っていただけますか」

石川が頷くのを見てドアを閉め、携帯電話を確認した。覚えのない番号から二回かかっていた。時刻は午後八時を過ぎている。

詩音は部屋を出ただろうか。連絡しかけて、思い留まった。石川の耳が気になる。

《いま、石川という刑事が来てる》

ショートメールを送った。着替えている間に返信はなかった。

新宿二丁目にあるバーに連れて行かれた。歩いて五分とかからなかった。

店内はがらんとしている。フロア中央にグランドピアノ。薔薇《ばら》の花束が載っている。

カウンター内の男が気のない声を発した。値踏みするような目つきが気になる。

「いらっしゃい」

石川が声をかける。

「マスター、ソファを使っていいか」

「どこでも。ご覧のとおり、閑古鳥もいやしない」

「ホモ好きの閑古鳥がいるのか」

「知るもんか」

美和は目を白黒させた。新宿二丁目はオカマバーのメッカと聞いていたが、遊んだことはない。ホモバーはあることさえ知らなかった。

蝶《ちょう》ネクタイにチェックのベスト。マスターは身だしなみも良く、顔立ちもいい。ボトルとアイスペールを運んで来て、水割りをつくるとすぐに立ち去った。

「愛想が悪くて」石川が言った。「女性に興味がなくてね」

「もったいない」思わず声になった。「持てそうなのに」

「持てますよ。何人か、マスターを口説くのを見たことがある。けど、マスターは無視……店の名前とおなじ、バラバラだった」

美和はグラスを手にした。コースターに『薔薇と薔薇』の文字がある。

石川が煙草をくわえ、火をつける。その間に表情が締まった。

「しばらく仕事を休んでるそうですね」

「えっ」

「具合でも悪いのですか」

「あの部屋とわたしの仕事を、どうしてわかったのですか」

「調べるのが仕事です。しかし、うそをつかれるのはこまる。よけいな手間がかかる」

「住所のことでしたら謝ります。仕事のことは訊かれませんでした」

「そのうそじゃない」石川が語気を強めた。「井上真衣のことです」

美和は目を見開いた。真衣を呼び捨てにした。

「あなたの下の階に住んでる。どうしてうそをついたのですか」

「……………」

答えられなかった。混乱する頭に防犯カメラの映像がうかんだ。

「フロントで防犯カメラを再生してもらいました。おかげで、目がくたびれた」

わざとらしく両手の人差し指をこめかみにあてた。

「すみません」

素直に詫びた。中島が自分のことを話したか、気になる。

「先週金曜のことを思いだしてください。真衣とでかけましたね」

「はい。近くのショットバーで飲みました」

「何時に戻りましたか」

わかっていることを聞くな。そう怒鳴りたくなる。

「十時半ごろお店を出ました」

「どっちが帰ろうと言ったのですか」

「それは……」言葉に窮した。が、思案するのは諦めた。「真衣さんに用ができて……そのすこし前、真衣さんに電話がかかってきました」

「誰から」

「知りません」

「急用の内容も聞かなかった」

「はい」

「俊也は憶えてますね」

「はい」

ほかに答えようがない。疑念を口にすれば、つけ入られる。

「俊也とはカラオケボックスで初めて会ったと言った。間違いないですか」

「ありません」

「ネットカフェで見たことはないんですね」

「はい」

石川が煙草を喫って消し、水割りをあおるように飲んだ。

「土曜日以降、真衣と会いましたか」

「いいえ」

「電話かメールはどうです」

「きのう、何度か電話しましたが、つながりませんでした」

「真衣の部屋を訪ねましたね」

「はい」

声がちいさくなった。訊問の行き着く先がおそろしい。

「サングラスの人は誰ですか」

「……」

石川が顔を近づけた。

「土曜の深夜、あなたの部屋を訪ねた人です。そのあと、一緒に真衣の部屋に入り、五、六分であなたの部屋に戻った。あの人は誰ですか」

「詩音さん……」

石川の目つきが変わった。そんなふうに見えた。あわただしく頭を働かせる。

「山口詩音さん。真衣さんのお友だちで、連絡がとれないからと……」

「おかしいですね。それなら先に真衣の部屋を訪ねるでしょう。映像を見るかぎり、あの人は真衣の部屋の暗証番号を知っていた。ほんとうは、あなたの友人で、あなたが真衣の部屋の暗証番号を教えたのではありませんか」

「違います」激しく頭をふった。「真衣さんのお友だちです」

石川がソファにもたれて息をつき、ふたたび前かがみになる。

「うそをかさねれば署に出頭を求めることになる。いいのですか」

「いったい、誰が何をしたというのですか」

「自分は、ある事案で、俊也の身辺を捜査しています。真衣と、カラオケボックスで接触したあなた、真衣の部屋に出入りした詩音も、身辺に該当する。こんな話をするのは職務違反です。が、捜査に協力してもらうために教えました」

「そう言われても……」

「仕方ない。手続きを踏んで、あすにでも事情聴取を求めます」

「そんな、あんまりです」

「では、山口詩音という人の住所と電話番号、職業を教えてください」

「電話しか知りません」

美和は古いほうの携帯電話の番号を教えた。

「一本だけですか」

「スマホも持っていますが、そっちは知りません」

「ガラケーは一本だけかと訊いています」

「そうだと思います。ほかに持っているとしても、わたしは知りません」

石川が首をまわした。

信じていないのが手に取るようにわかる。

美和は押し黙った。

なぜ石川は、詩音がきょうも真衣の部屋に入ったことを言わないのか。きょうの分の映像を確認しなかったとは思えない。だが、自分から訊けば藪蛇《やぶへび》になる。詩音が真衣の部屋を出たという確認はとれていないのだ。

石川がグラスをあおった。空になる。ボトルを取ろうとして止め、上着の内ポケットをさぐった。携帯電話を耳にあてる。

「どうした……わかった。どこにする……いいだろう。十分で行く」

石川が通話を切った。

「急用ができたのできょうはこれまでにしますが、あすにでも連絡します。自分からの電話には必ずでてください」

言い置き、石川が立ちあがる。

美和はソファにもたれた。一緒に出たくはない。

どうしてネットカフェに住んでいることがわかったのか。なぜ、詩音という聞き慣れない名前の字を訊かなかったのか。詩音の名前は知っている。そう思わせるような目つきだった。携帯電話に関する執拗《しつよう》な質問も気になった。

★　★

新宿ゴールデン街の中ほどにあるスナックの扉を引き開けた。

ギィーという音を初めて聞いてから七年が過ぎた。カウンターには脚の短いスツールが五つ。ビニール革の裂け目から薄黄色の汚れたスポンジを覗かせ、いつくるとも知れない客を待っている。カウンターの中の老女が、ようやく来たのか、と目で言った。七十五歳になるのか、なったのか。常連客が集まって古希の祝いをしたことは憶えている。

スツールと壁の間を奥へむかう。

五、六人が座れるベンチシートにいるのは相棒だけだった。

「急にお呼びして申し訳ないです」

塚田が座ったまま言った。

コンビを組んでほどなく、塚田をこの店に連れてきた。以来、二人きりで情報交換するさいに利用する。塚田は気に入っているようだ。

「かまわんさ」

空のグラスに氷を入れ、ワイルドターキー8年を注いだ。同量の水を加えて人差し指でかきまぜ、あおるように飲んだ。テーブルに柿ピーとスルメがある。

老ママはくる気配がない。こられてもこまる。

煙草に火をつけてから話しかけた。

「どんな話だ」

「一キロの覚醒剤の取引が急遽キャンセルになったという情報を得ました」

「どこから」

「前任の署です」

塚田は麻布署から異動してきた。一年半前のことだ。

「元同僚か」塚田が頷くのを見て続ける。「そいつの情報元は、売り手か買い手か、それとも、別の組織の者か」

「買い手だと思います。教えてくれたやつはその組織に伝があります」

マル暴担当者とおなじように、薬物担当者も独自の情報屋をかかえているという。

塚田が水割りを舐めるように飲んだ。アルコールは行ける口だが、仕事中という意識が働いているのだろう。

「まとめて一キロなら個人じゃないな。売り手はどこだ」

「言わなかったそうです。自分に隠してるのかもしれませんが」

どこの部署の捜査員も点数の稼げる事案はひとりでかかえたがる。

塚田が言葉を継いだ。

「神田で取引をする予定だったそうです」

「ん」石川は眉根を寄せた。「予定日はいつだった」

「聞きませんでした。でも、数日前と言ったので先週のことだと思います」

推測がひろがる。石川は煙草をふかし、頭の中を整理した。

「買い手の根っこはどこだ」

「六本木の半田組《はんだ》です」

　神戸の神俠会の三次団体だ。が、上部団体は離脱し、新組織に加わった。新組織を設立した暴力団の下部組織が皆、上に従ったわけではないといわれている。マル暴担当の長い石川でさえも、神俠会と新組織の全容は把握し切れていない。

「半田組はどっちについた」

「新組織だろうと……断定はしませんでした」

「売りやがったか」

「えっ。どういうことです」

　塚田が怪訝《けげん》な顔をした。むりもない。山岸組の騒動は教えていないのだ。

　石川は、山岸組若頭の武見から依頼を受けたあとの出来事を反芻《はんすう》した。

　山口詩音の携帯電話の通話記録を頼まれたのは先週水曜だった。金曜には興神会の西田に会わされ、河合美和の個人情報と通話記録の入手を頼まれた。

　ひらめいた。盗まれたという三千万円は現金でなく、覚醒剤だった。

　それならすべての辻褄が合う。

　覚醒剤を略奪したのは詩音で、友人の美和がなんらかの形でかかわった。だから、武見は美和にこだわった。だとすれば、矢面に立つ西田は美和に接触したはずである。美和が無事なのは、泳がせ、詩音に接触する機会を窺っているのか。あるいは、詩音と美和の関係を摑み切れていないのか。

俺が一歩も二歩も先を行っている。その思いが強くなった。

「先輩」塚田が遠慮ぎみに言う。「心あたりがあるんですね」

「まあな。推測にすぎんが」

「その推測を教えてください。なんでもお手伝いします」

塚田が身を乗りだした。まるい目が訴えている。

「いいだろう。ただし、他言無用だ。班の連中にも、麻布署のやつにも喋るな」

石川は目で威しながら言った。

行方をくらました俊也が気になる。俊也と真衣。真衣と美和。さらには美和と詩音。ネットカフェを舞台にした、彼女らの一連の行動から判断して、俊也が一キロの覚醒剤に絡んでいるのはもはや疑う余地がないように思える。その推察どおりなら、自分以外の者が俊也の身柄を押さえれば、手柄が無になる。

塚田の咽仏が上下した。空唾をのんだように見えた。

石川は、事の経緯を簡潔に話した。美和のことは伏せた。うそをついた手前がある。

思案の表情を見せたあと、塚田が口をひらいた。

「俊也はどうして姿を消したのでしょう。〈歌舞伎町薬局〉は覚醒剤も扱ってるのだから、よろこび勇んで新明会の事務所に駆け込むと思いますが」

「あまい」叱るように言った。「俺が俊也なら別の薬局に売る。成田に差しだしても百万円ほどの小遣いを渡されておしまいだ。が、それすらあやうい。へたをすれば、覚醒剤を取りあげられたあげく、命も獲《と》られる」

「なぜですか」

「いわくつきのブツだからさ。覚醒剤の出処《でどころ》と、流れてきた経緯を知った時点で、ブツに直接かかわった俊也は邪魔になる。どこの組織も面倒は避けたい。生き証人は消す。そうすりゃ、山岸組とトラブルになっても言い逃れができる」

話しているあいだ、塚田はまばたきをくり返していた。

「これからどうするのですか」

「決まってる。詩音と俊也を追う。上には報告するな」

「二つ目の警視総監賞ですね」

「そういうことだ」

塚田の顔がほころんだ。いまにも笑い声がはじけそうに見える。

石川は不安になった。それが声になる。

「俺のうわさを知ってるか」

塚田が真顔に戻した。すこし間が空いたのは返答に迷ったからだろう。

「山岸組とのことですか」小声で言った。

「若頭の武見と親しいとか……」

「ほんとうだ。俺が専従班に召集されたのは、そういう背景がある。山岸組と敵対する組織を標的にすれば、しゃかりきになる……そんな思惑があってのことだ」

「〈歌舞伎町薬局〉のつぎは山岸組の薬局を狙うという話を耳にしました。そのときはどうなるのですか。上は、石川さんにも声をかけるのでしょうか」

「そんなわけがないだろう。新明会と仲良しのマル暴担当が召集される」

塚田が口をあんぐりとした。

「マル暴担当の刑事《デカ》は、腐れ縁の程度は違っても、どこかの暴力団とつながってる。裏社会の情報を得るにはそれしかないからな。上の連中は百も承知のことだ。現場を這い回る俺らを、状況に合わせて上手《うま》く使い分けるのが連中の仕事さ」

「だから、やくざと癒着していても、咎《とが》められない」

「よくわかってるじゃないか」

また塚田の表情が弛んだ。

「つないでやろうか」

「えっ」

「武見と飲むかと訊いてる」

「ちょっとこわいです」

拒む口調ではなかった。目は興味を示している。

「むこうは、そんな刑事をほしがる。手垢《てあか》のつきすぎた刑事は始末に悪いそうだ」

にんまりし、石川はテーブルの煙草とライターをポケットに収めた。


きょうはひさしぶりに晴れ渡ったのに、月がない。

石川は、ゴールデン街の石畳に立ち、濃紺色の空にむかって息をついた。

塚田はもうすこし飲んで帰ると言った。たしかに、老婆相手に飲む酒も悪くはない。

携帯電話で短いやりとりをしたあと、ラブホテル街に足を踏み入れた。

午後十一時を過ぎた。カップルや数人の女とすれ違った。独り歩きの女は例外なくおおきなボストンバッグをさげていた。ひと目でデリヘル嬢とわかる。

「お疲れさまです」

前方から声がした。勝だ。

「当番か」

「きょうは事務所です。お見えになるというので、迎えにでました」

「つまらんことを」

石川は苦笑した。勝の心意気はうれしくもあり、やっかいでもある。武見とのギブ・アンド・テイクの関係が崩れたときの、勝の心中が心配なのだ。

武見は、黒いジャージを着てソファに座っていた。ラフな身形は初めて見る。からかってみたくなった。

「戦闘態勢に入ったのですか」

関西の分裂騒動を意識してのひと言だった。

武見の目の色が変わった。

「そりゃどういう意味だ」

「マスコミが騒いでるじゃないですか。歌舞伎町と六本木が戦場になると」

言って、石川は正面に腰をおろした。

「洒落にならん。すこしは空気を読め」

「そりゃどうも」さらりと返し、勝を見た。「マッカランの水割りを」

事務所にはスコッチとウィスキーしかない。武見はシングルモルトを好んで飲む。

武見が灰皿の葉巻をくわえ、自分でライターの火をつけた。

「俺の耳に入れたいこととはなんだ」

「先週、覚醒剤一キロの取引が中止になったそうです。売り手の都合とか」

武見がぎょろりと目をむいた。

かまわず続ける。

「上物の覚醒剤なら末端で三千万円は超えますね」

「なにが言いたい」武見が声を凄ませた。「冗談では済まんぞ」

「わかってます。お役に立てることがあればと思い、連絡しました」

「ほかの情報も持ち合わせてるんだろうな」

「もちろん。ご期待に添えるかはわかりませんが」

勝が丸盆にグラスを運んできた。

水割りを飲んで息をつき、煙草を喫いつける。

武見がおもむろに口をひらいた。

「三千万円はブツだ。が、うちの商品じゃない。興神会の西田が……正確に言えば、西田が守りをしてる野郎が扱った代物だ」

武見はガードが堅い。それはいやというほど思い知らされている。

石川は話を前に進めた。

「コソ泥は女……山口詩音ですね」

武見が眉間に皺を刻んだ。いまにものしかかられそうな形相だ。

「通話記録の件でもわかります。その上、別件で捜査線上にうかびました」

「まさか、ブツを〈歌舞伎町薬局〉に……」

石川は手のひらで制した。

「言ったでしょう。別件です。監視対象者のひとりと接点があります」

「誰だ」

「〈歌舞伎町薬局〉の小僧です。新明会の盃は受けていません」

「そんなことは訊いてない。名を言え」

「俊也……犯歴がなくて、本名かどうかも不明です」

事実だ。特殊詐欺の担当者に問い合わせたが、身元不明の返答だった。近ごろはそういう輩が増えた。一般人が突如、犯罪者になる。住所不定で、身分を証明するものを所持していなければ、身柄を押さえて供述させないかぎり、身元は割れない。ときに〈自称〉と報じられるのは顔や指紋で身元を特定できないからだ。

「どうしてそんな雑魚を監視する」

「新明会の成田がかわいがっていましてね。ただ、この数日、行方が知れません」

「ほう」

武見が腕を組み、目をつむった。

石川は水割りと煙草で短い時間を潰した。

「おまえの魂胆、読めた」

武見が目を見開いた。

「はあ」

「とぼけるな。雑魚は見つけてやる。見返りはよこせ」

「詩音のことですか」

「ブツもだ」

「それでは釣り合いがとれんでしょう」

石川は平然と言った。

「おまえの捜査に協力する。小学生にもわかることだ。決定的な現場と日時がわかれば報《しら》せる」

薬物の取引現場ということだ。

「わかりました。しかし、おどろきました。応じていただけるとは……」

「ふん。白々しいわ」

「手を焼いてるのですか」

「手が腐る」武見が吐き捨てるように言った。「牝猫一匹を捕まえられん連中は、己のケツの拭き方も知らん」

武見のうしろに控える勝の顔が上下した。

デキの悪い身内に焼きを入れたのか。それでジャージを着ているのか。

石川はそんなことを思った。

★　★

小田急線経堂《きょうどう》駅から東京農業大学にむかう途中に、『世田谷陽光会』はあった。

後部座席の詩音が降りたあと、雅人は路肩にバイクを停めた。詩音とは経堂駅南口から地上に出たところで合流した。

——つき合って。足が不便なの——

けさ、詩音は電話でそう言った。勝手な言種だが、文句は言わなかった。気持の準備はできていた。詩音は暴力団に追われている。警察にも目をつけられている。真衣を見つけると言ったが、大手をふってというわけには行かない。せめてもの救いは、覚醒剤略奪が事件として扱われていないことだ。

六階建て雑居ビルのエレベータに乗り、三階にあがった。

介護派遣会社『世田谷陽光会』のオフィスはこぢんまりしていた。約三十平米のフロアに五つのデスクがある。壁に掛かる二つのホワイトボードは文字で埋まっていた。

「先ほどお電話をさしあげた、井上夏美《なつみ》です」

詩音が丁寧に言った。

ジーンズに生成りのシャツ、紺麻のジャケットを着ている。バイクに乗るのにジャケットは不向きだが、訪問先を意識したのだろう。

「お待ちしていました」

三人いる事務員のひとりが立ちあがった。

右側の、パーティションで仕切られた応接室に案内された。合成板のテーブルをはさんで白木造りの椅子が二脚ずつある。

勧められ、詩音とならんで座った。

ほどなく、小太りの女があらわれた。窓際のデスクにいた女だ。

「事務長の加藤《かとう》です」

名刺をだされた。

「ごめんなさい。名刺を持ち合わせていなくて……井上夏美と申します」詩音が左手をかるく持ちあげた。「こちらは妹の友人の斉藤さんです」

雅人は座ったまま会釈した。本名を言われてちょっぴり不機嫌になった。

加藤が詩音の正面に座る。事務員がお茶を運んできた。

「妹さん、連絡がとれないとか……さぞかし、ご心配でしょう」

口ほどに同情しているふうには見えない。

「こちらさまとは連絡がとれているのでしょうか」

「お電話をいただいたあと、担当者から話を聞きました。けさ連絡がありまして、腰痛がひどくて動けないので、きょうは代わりの人をお願いしますと」

「本人からですか」

加藤が横をむき、事務員に声をかけた。

「井上さん本人から電話があったの」

「電話ではなく、メールでした。派遣の予定のあった井上さんに確認の電話をかけたのですが、つながらず、メールを送りました。その返信です」

「そう」加藤が視線を戻した。「お聞きのとおりです」

「きのうは仕事が入っていたのですね」

詩音が念を押すように訊いた。

「はい。井上さんを指名されるお客様が何人かいて、そのうちのおひとりです」

「妹の仕事ぶりはどうですか」

「欠勤が多いのは玉に瑕《きず》ですが……いえ、この仕事を長く続けている人は腰痛とか腱鞘炎を患うことが多いのです。だけど、井上さんはお客様の評判がいいですよ」

「そうですか。安心しました。ところで、この先の予約は入っていますか」

また加藤が横をむく。

「井上さんの予定はどう」

「ありません。毎週金曜に契約されているお客様がおられるのですが、今週は旅行にでかけるのでパスしてくださいと、きのう、ご本人様から連絡がありました。そのことも井上さんにはメールで伝えました」

加藤が姿勢を戻す前に、詩音が口をひらいた。

「ご多忙のところを、ありがとうございました。妹から連絡があれば、わたしに電話するよう伝えていただけませんか」

「そのように致します」

「お仕事中に、お騒がせしました」

詩音が事務員たちにも声をかけ、オフィスを出た。

経堂駅近くのファミリーレストランに入った。ランチタイムにはすこし早いが、主婦らしき女たちがちらほらいる。

喫煙エリアの席に座った。

ウェートレスにカレーライスとドリンクバーを注文したあと、詩音が顔を近づけた。

「誰に殴られた」

「気づいたんか」

「あんたとは違う。ヘルメットを脱いだときにわかった」

「西田だ。きのう、乾分を連れて、俺のアパートに来た。で、袋叩きだ」

「抵抗しなかったのか」詩音が笑った。「偉いぞ」

「うるさい」

「でも、どうして」

「俺の店のビルの防犯カメラを見た。たぶん、万世橋署に内通者《クサレ》がいるんだろう。それにしても、おまえは悪運が強い。一日早かったらアウトだった」

「あんたのおかげよ。覚醒剤のことがばれなきゃ、もうすこし居座ってた」

詩音が腰をうかした。

「なに、飲む」

「アイスコーヒー」

詩音がアイスコーヒーとアイスレモンティー、サラダを運んできた。

「よくその程度で済んだね」

言って、詩音がストローをくわえた。

雅人は煙草をふかした。

「万世橋署のマル暴担当に助けられた」

「内通者とは別人なの」

「楽観的かもしれんが、敵じゃないと思う」鳥原のことは話したくない。「けど、その刑事はおまえに興味を持ってた」

「そいつはわたしの名前を言ったの。覚醒剤のことは」

「知らんと思う」

原警部補が疑っているのは隠した。警察情報も話さない。詩音の不安が増すだけだ。

「店を休んじゃだめよ。西田に勘ぐられる」

「わかってる」

「あんた、喧嘩、弱いの。強そうに見えるのに」

「不意をつかれた。あとは亀になった」

おまえのことがなければ、ぶちのめしていた。そうは言わない。

詩音が笑いを堪えるような顔を見せてフォークを持ち、サラダを食べる。

雅人は『世田谷陽光会』でのことを思いだした。

「感心した。まともな会話もできるんだ」

「普通をほめるな」

「夏美という姉がいるのか」

「そう。真衣の両親は交通事故で亡くなり、実家は人手に渡った。結婚して八王子に住んでる姉が真衣の唯一の身内よ」

「八王子に行ったのか」

「きのうね。介護派遣会社の者だと偽った。しばらく連絡がとれないので、緊急連絡先になっているお姉さんのところに伺いましたと……姉は何年も会ってないみたい。真衣は亭主と折り合いが悪くて、家に近づかないとも言ってた」

「姉は真衣と連絡がとれてるのか」

「年に一回、姉の誕生日にメールが届くそうよ」

「ふーん」

雅人は首をすくめた。自分も似たようなものだ。思いだしたときに北海道に暮らす母と電話で話す。母からは六月と十二月に宅配便が届く。地元の海産物ばかりだ。

店員がカレーライスを運んできた。

雅人は、ひと口食べてから話しかけた。

「しかし、よく調べたな。美和が知ってたのか」

「真衣の部屋に仕事関係の書類が残ってた」

「部屋に入ったのか」

「土曜の夜に。きのうの昼も……もうすこしで例の刑事と鉢合わせるところだった」

「新宿署の石川か」

「そう」詩音がスプーンを持ったまま顔を近づける。「なにか、わかった」

「山岸組の犬だ。若頭の武見とつながってる」

「マル暴担当なの」

「ああ。いまは、薬物担当の部署と合同の専従班にいるそうだ」

詩音が細い眉をひそめた。

「おまえが盗んだブツじゃない。山岸組とは別の組織の薬局が標的らしい」

「でも、山岸組の飼い犬なのよね」

「石川が気になるようだな」

「石川も真衣を追ってると思う」

「美和がそう言ったのか」

「きのう、石川は美和の部屋を訪ねた。ネットカフェの防犯カメラを見たそうよ」

詩音がスプーンを置いた。カレーライスは半分残っている。

「やっぱり、金曜の夜に真衣の部屋に入ったのは俊也だった。二時間くらい経って一緒に出たのも防犯カメラが捉えてた」

「刑事がそんなことまで喋るか」

「美和も……説明は省くけど、防犯カメラの映像を見た」

「当然、おまえも映ってた」

「そう。だから、美和はわたしのこともしつこく訊かれたみたい」

「まずいな」

ついい、声になった。

「あんたの情報がほんとうなら、石川はわたしを追いかける。山岸組は、わたしが覚醒剤を持ってると思ってるはずだから」

「どうかな。防犯カメラの映像を見た石川が、おまえらの動きを見てどう判断するかだろう。山岸組に追われてるおまえが連中の島に足を踏み入れた。石川がその背景を考えれば、真衣と俊也を追う可能性もある」

「どっちにしても、あぶない状況にあるのは変わりない」

雅人は口を結んだ。それはそのとおりである。

詩音が続ける。

「わたし、これから真衣のお客さんの家に行く」

「それもわかってるのか」

「うん。ノートに、きょうもよろこんでもらえたとか、あした顔を見るのがたのしみとか……そんなお婆《ばあ》さんが三人いる。さっき、事務長が言った金曜の人もそのひとりよ」

「わかった。つき合う」

詩音が首をふる。

「足が要るだろう」

「三人ともこの近くに住んでる。親しくしてた同僚にも会ってみる」

「しかし、ここまで来たついでだ」

「あんたには行ってほしいところがある」

詩音がジャケットのポケットに手を入れた。

「これ」写真をテーブルに置く。女二人が写っている。「右のぽっちゃりした子が真衣
……十枚ほどあったけど、どれも集合写真……会社の人たちと撮ったみたい」

雅人は真衣の顔を記憶し、写真を胸ポケットに収めた。

「で、俺はどこへ行く」

「新中野の鍋屋横丁……俊也のアパートがある。ことしに入って、俊也は月一回のペース
で真衣を呼んでた。五回が歌舞伎町の『ブルーエンジェル』というラブホテルで、三回は
鍋屋横丁のアパートだった」

「そんなことも書いてたのか」

「几帳面な性格みたい。昼の仕事も夜のバイトもノートに書きとめてた。どのページも愚
痴や不満を書いてあったけど」

「最後に呼んだのはいつだ」

「八月十五日……真衣の誕生日で、ラブホテルだった」

「ふーん」

雅人は俊也の心中に気がむきかけた。が、それを振り払う。

「先週の木曜、カラオケボックスでのことは書いてあったか」

「うん。臨時収入は助かると……俊也のことは、頼もしく見えたって。意外とも書いてあった。美和によれば、真衣は俊也のことをよく言ってなかったそうだから、ほんとに意外だったのかも……女は、一瞬で変わるからね」

「それまでの悪い印象も消えるのか」

「そういうこと」詩音が澄まし顔で言う。「鍋屋横丁でどじを踏むな。やくざと警察が見張ってるかもしれないからね」

「ガキ扱いするな」

雅人はむきになった。

詩音がくすっと笑い、スプーンを手にした。

★

★

美和は、しばし迷ったあとジャージを脱ぎ、クロップドパンツを穿いた。

こんなことなら空気清浄機を買えばよかった。部屋は脂臭《やにくさ》くなっている。喫煙所に行くのが面倒になったわけではない。良子と顔を合わせたくなかった。

タンクトップの上にコットンパーカーを着て、ブラシで髪を梳《す》く。煙草とライター、携帯電話と財布をポケットに入れ、部屋を出た。

通路に人はいない。コインランドリーの廻《まわ》る音も聞こえない。

エレベータで一階に降りた。

「こんにちは、美和さん」

カウンターから声がした。中島だ。裏から出ればよかったと思っても遅い。

「きのうはありがとう」

美和はそっけなく言い、通り過ぎようとした。

「ちょっと話があるんです」

仕方なく足を止めた。

「あのあと、刑事が来て……防犯カメラの映像を見てた」

「それが、なにか」

美和はとぼけた。中島が自分のことを話したか気になるが、自分から訊きたくない。

「俺、話さなかった」

中島がにやりとした。不愉快になる笑顔だ。

「わたしのこと」

「そうだよ」くだけた口調になった。「あのことを話せば、こまるだろう」

「別に」感情は抑えた。「用はそれだけですか」

「つぎはそとで……恩を着せるわけじゃないけど、美和さんは最高だ」

「それなら事務所を通して」

「やっぱりプロなんだ。料金は」

「三万円にホテル代がかかる」

「直はだめかな。それなら安くなるだろう。ここならホテル代もかからない」

「ほかをあたんな」

乱暴なもの言いに自分でもびっくりした。近ごろ、詩音の声が耳に残っている。

中島が口をもぐもぐさせた。

「刑事さんに話さなかったのは自分のためでしょう。わたしに防犯カメラの映像を見せたのがばれたら、クビになるものね」

「ちぇ」

舌打ちは背で聞いた。

玄関から路上に出て、深呼吸をした。このネットカフェも居心地が悪くなってきた。しかし、この近辺にはここほど規制の緩いネットカフェはない。〈出入り自由・持込み自由〉のキャッチコピーが気に入った。契約延長は長期利用者を優先してくれる。郵便物と宅配便が届くのも便利だ。

本気で部屋を探そうかな。胸でつぶやいた。

「あのう」

男の声に、視線をふった。

細身の男が立っている。紺色のスーツを着て、茶色の鞄《かばん》を提げている。五十歳前後か。髪は七三に分け、見てくれは悪くない。サラリーマンと思えた。

「なんでしょう」

「これを見ていただけませんか」

男が上着のポケットから一枚の写真を取りだした。

どきっとした。顔立ちが良子に似ている。

「四、五年前の写真なので、髪型とか体型は変わっているかもしれません」

男のもの言いは丁寧だ。気が弱そうにも感じる。

「この方が、なにか」

「ご存知ありませんか」

美和はゆっくり首をふった。

「どうして、わたしに声をかけたのですか」

「ここから」男がネットカフェの玄関を指さした。「出てこられた」

「それが、なにか」

「この写真の女は、妻なんです。おととし、突然、家を出たきり……ほうぼう捜したのですが……それがようやく手がかりを見つけまして。歌舞伎町にある料理屋の仲居さんの話では、このあたりのネットカフェに住んでいるということでした」

だんだん、男の声が熱を帯びてきた。

美和は腹が立った。きょうはついてない。それに、料理屋の仲居頭が喋ったとしたら許せない。情のないこと、この上ない。

だが、感情を露《あらわ》にすれば、男に感づかれる。長話も疑われる元だ。

「そういうお話でしたら警察に相談されてはどうですか」

「冗談じゃない」

男が声を荒らげた。

美和は啞然とした。馬脚をあらわすとはこのことだ。男の顔が赤くなった。

「いや、失礼。警察にはいやな思いしかなくて」

「わたし、人と待ち合わせているので失礼します」

美和は、逃げるように歩きだした。

四つ角を曲がったところで、足が遅くなった。良子のことが気になりだした。

《よけいなことはするな。懲りているだろう》

頭のどこかで、いさめる声がした。

あたりを窺い、裏の出入口からネットカフェに戻り、エレベータに乗った。

良子の部屋は美和の部屋の斜め前にある。ドアをノックした。

「美和です。いらっしゃいますか」

ドアが開き、良子が顔を覗かせた。顔色が悪く、生気が感じられない。

「ちょっといいですか」

「なに」

良子がぶっきらぼうに言った。

かまわず、美和は、良子を押すようにして中に入った。

「いま下に、ご主人らしい人が……」

「えっ」

良子が目をひん剝《む》いた。

「声をかけられたのです。良子さんの写真を見せて、知りませんかと」

腕を取られた。

「くわしく聞かせて」

部屋の真ん中に座り、向き合った。初めて入ったが、物見する余裕などない。

「顔は、背格好は」

良子が早口で訊いた。

「五十歳くらい、細身でした。紺色のスーツを着て、鞄を提げ、サラリーマンのように見えました。小声で、気が弱そうに感じました」

良子が何度も頷いた。

「美和さんはなんて答えたの」

「もちろん、知らないと。男は、写真の女を妻だと言って、家出したあとのことを話しだしました。わたし、そういうことなら警察に相談されてはどうですかと言いました」

良子が眉をひそめた。

「ごめんなさい。よけいなことを……」

「いいの」良子がさえぎった。「警察にこられたら面倒になるけど……で、そのとき、夫はなんて言ったのですか」

「冗談じゃないと……急に大声をだされて、びっくりしました」

「そういう人なの。感情が昂《こう》じると、見境がつかなくなる」

美和は頷いた。かつて、身近にそういう人がいた。

「しばらく部屋を出ないでください。わたし、様子を見て、連絡します」

良子の携帯電話の番号は歌舞伎町の料理屋に行く前に聞いている。

「一緒にいて。わたしをひとりにしないで。こわいの」

「そう言われても……わたしにもやることがあります」

「あなたね」声が裏返った。「そんな言種がある。なにしに来たの」

「だから、大変なことになると思って……」

「そう思うのなら、最後までわたしを助けるのが筋でしょう。梯子《はしご》をはずさないでよ」

「できるだけのことはします」

「ふん。口だけならなんとでも言える。しょせん、赤の他人……」

良子がくちびるを噛んだ。瞳がせわしなくゆれ、肩がふるえだした。高木夫妻は似た者同士かもしれない。そう思った。

「わたし、失礼します」

腰をうかした。

良子が両手を伸ばした。

両膝を押さえられた。

「お願い。行かないで」

「勝手なことばかり言わないでください。とにかく、あとで連絡します」

美和は、良子の手を払い、立ちあがった。

良子は追ってこなかった。

ドアを後手に閉め、ため息をついた。

もう知りません。かかわりたくありません。そう言えなかった。かつて何度も言いかけて、声にならなかった。部屋に戻る数歩のあいだ、後ろ髪を引かれる思いだった。

火をつけたつもりの煙草が消えている。喫わなかったのだ。左手の指にはさんだ煙草の先端が黒くなっている。

美和は、口にくわえてライターの火をあてた。不味《まず》い。一服で携帯灰皿に入れ、身体を横たえた。枕をあて、仰向けになる。心は精神安定剤をほしがっている。だが、いまのめば眠ってしまう。それでは良子にうそをついたことになる。

《おまえは厄介な人間だな》

あざ笑うような声が聞こえた。

左手に携帯電話を持ち、目をつむる。詩音のことを思った。

どれくらい経っただろう。携帯電話がふるえた。

ディスプレイの数字を見て、飛び起きた。

「真衣さん、どこにいるの」

張り裂けそうな声になった。

《ごめん……ごめんね、ミーちゃん》

聞き取れないほどの声だ。

「いいから。どこにいるのか教えて」

《いまはだめ》

「なにを言ってるの。大変なことになってるのよ。俊也と一緒なんでしょう」
《バレてるんだ》
「そばにいるの」
《でかけてる》
「どこに」
《知らない。ほんとうよ。そんなことより、詩音さんはどうしてる。怒ってるよね》
「あたりまえじゃない。預けたものを盗まれたのよ」
《ミーちゃん、宅配の中身を知ってるの》
――ブツと万札を持ってこい――
西田の声がよみがえった。
「中身がなんであろうと、真衣さんが盗んでいいことにはならない」
《わかってる》あらがうように言った。《あのとき、わたしが詩音さんの話をしたら、俊也が中身を覗いてみようって……しつこく言った。わたし、気分がハイになってたから……開けてびっくり……大金持ちになれるぞって、俊也がはしゃぎだした》
「わかった。わかったから、居場所を教えて」
《言えない。もうすこし時間がかかりそう》
「どういうこと」

《俊也はすぐおカネになると言ったのに……相手に足元を見られてるの。詩音さんの名前はでてないけど、大量の覚醒剤が盗まれたって……うわさがひろまってるみたい》
「それならなおさら、ばかなことはやめて。殺されるよ」
《おカネになったら、遠くに逃げる》
「……」
あきれてものが言えない。怒鳴りたい気分だ。が、通話を切られてはこまる。
「詩音さんに会いなさい」きっぱりと言った。「わたしが仲に入る」
《いや。ミーちゃんは詩音さんの肩を持つから》
「そんなことはしない。預かったものを詩音さんに返し、それでおしまいにする」
《冗談じゃない》真衣が声を荒らげた。《こんなこわい思いをしてるのに》
「おカネがほしいの」
《最初はそうじゃなかったけど……こうなったら、おカネが頼りよ》
美和はおおきく息をついた。感情が暴発しそうだ。
「冷静に考えて。おカネを手にしても、逃げ切れない。二人を追ってるのは詩音さんとやくざだけじゃない。警察も動いてる」
《警察がわたしと俊也を捜してるの。逮捕するの》
「それはないと思う。詩音さんは犯罪にはならないと言ってた」

息をぬく音が聞こえた。

「でも、刑事さんがわたしの部屋を訪ねて来て、事情を訊かれた。ネットカフェの防犯カメラの映像を見たそうよ。俊也が真衣さんの部屋を訪ね、一緒に出たことも知ってた。その刑事は、以前から俊也を監視していたとも言った」

カラオケボックスのことを話せば長くなる。そんな余裕もない。

《なんの容疑よ》

「知らない。俊也はどんな仕事をしてるの」

《ドラッグを売ってる。逃げたあとで聞いたんだけど……だから、覚醒剤も簡単に売り捌《さば》けるって……誰だって、その気になるでしょう》

「ならないわ。とにかく、わたしにまかせて。これから、詩音さんと相談する」

《いいけど……その前に、おカネを振り込んでくれない》

「えっ」

《ピンチなの。俊也も……お願い、十万円でいいから。口座番号は……》

「待って」語気を強めてさえぎった。「そのために電話してきたの」

《そうよ。友だちじゃない》

「わかった。貸してあげる。でも、会って渡す」

《だめ。振り込んで》

「どこのホテル……わたしが届ける」

《ホテルに泊まるおカネがあれば頼まない。もういい、わかった》

通話が切れた。

美和は肩をおとした。疲れた。真衣も俊也も救いようのない愚か者だ。

《愚か者はおまえだ。なんでかかわる》

また声がした。が、別の自分と問答している場合ではない。携帯電話を耳にあてた。つながらない。ショートメールを送信した。

裏の出入口から路上に出て、周囲を見渡した。あの男は見あたらなかった。

美和は、一区画を半周し、ネットカフェの正面玄関にむかう。普通に歩きながら、目だけを動かした。あっ、と声が洩れそうになった。

ネットカフェ前のビルの狭間《はざま》に、あの男が立っていた。鞄は地面にある。左手にペットボトルを持ち、じっとしている。ネットカフェの玄関を見つめているようだ。

美和は玄関に入った。鼓動が速くなる。エレベータに乗るさい視線をふったが、男はおなじ場所に立っていた。玄関の扉はガラス張りだ。

良子の部屋の前を通り過ぎ、自分の部屋に入る。良子と直に話すか、電話にするか、迷った。顔を合わせれば、さっきのくり返しになるかもしれない。それは避けたい。電話なら、罵声を浴びせられても、非難のまなざしは受けなくて済む。
壁にもたれ、ミネラルウォーターで舌を湿らせてから、携帯電話を手にした。
《どうだった》
咳《せ》き込むような声がした。連絡を待っていたのが伝わってきた。
「玄関の前にいます。そこからフロントもエレベータも見えます。逃げるのはむずかしいかもしれません。警察に通報されてはどうですか」
《いや。絶対にいや。わたしも夫も警察に事情を聞かれ、それでおわり……何度も体験した。警察が夫を逮捕するわけがない》
そうかもしれないと思った。罪状がないのだ。
「しかし、このままでは外出できないでしょう」
《逃げる……そう決めました。だから、それまでつき合ってください》
聞き慣れた、丁寧なもの言いに戻った。
「わたしは何をすればいいのですか」
《夕方に電話します。そしたら、美和さんはそとに出て、夫を見張ってください》
「どういうことですか」
《夫だって人間よ。お腹は空くし、トイレも行く》
「それなら深夜のほうが……お仕事をされているのでしょう」

《車のセールスだから自由が利く。わたしを捕まえるためなら寝るのも惜しむ》

「そんな……」

《わたし、新幹線に乗る。だから、遅くても八時にはここを出たい》

「行く先は決まってるのですか」

《あんたには関係ない》投げつけるように言った。《あいつから一メートルでも遠くに離れる。それだけのことよ》

美和は、携帯電話を耳から離した。通話を切りたくなった。左の頬が痙攣しはじめた。心臓の上のあたりが熱くなっている。パニック発作の兆候だ。あと数分もすれば左腕に湿疹があらわれ、息苦しくなるだろう。

《美和さん、聞いてる。もう迷惑はかけません。これが最後のお願い》

懇願の声音になった。

「わかりました。連絡を待ってます」

携帯電話を床に置き、トートバッグを引き寄せた。水を口にふくみ、『コンスタン』をのみくだした。深呼吸して、身体を横たえる。

薬局の紙袋に目が行った。

あと半年か。胸でつぶやいた。

去年、退社したあと国民健康保険を取得した。来年の四月末日で失効する。更新の国民健康保険被保険者証は、配達証明付で自宅に郵送される。

　その先を思いかけて、やめた。

★

★

　石川は、JR神田駅の改札を出て、室町方面へむかった。

　空はどんよりとしている。青空は一日で消えた。

　二つ目の路地角に男が立っている。ひと目で同業とわかる。黒っぽいスーツを着て、紺色のネクタイを締めているが、立ち姿の雰囲気がサラリーマンとは異なる。

　相手も自分に気づいたようだ。

「原警部補ですか」相手が頷くのを見て続ける。「自分は新宿署の石川です」

「ご苦労さん」

　原が笑みをうかべた。が、目つきはマル暴担当者のそれだ。

「お手数をおかけします」

　下手にでた。上官だからというわけではない。

　万世橋署の組織犯罪対策四係に連絡したのは筋を通すためだった。

――こちらの捜査事案で必要になりまして、神田の『博愛ローン』を訪ねます――

しばらく待たされて電話にでたのが原だった。石川は適当に捏造《ねつぞう》し、街金訪問の理由を話したが、原は質問することもなく、自分が同行すると言ったのだった。

一部署を束ねる係長がみずから出張ることを訝《いぶか》しく思った。だが、それを問えば礼を失する。それに、原がそうする理由に興味を覚えた。

「どうする。まずは喫茶店で話をするか」

石川は首をふった。

「先に仕事を済ませたいです」

「いいだろう」原が頭上を見あげた。「このビルの三階にある。俺はどうする。同行したほうが話は早いと思うが、聞かれたくなければ喫茶店で待ってもかまわん」

「ご面倒ですが、ご一緒に……お願いします」

石川は頭をさげた。

三十平米たらずのフロアに三つのデスク。受付カウンターのむこうにある。右側に二つのドア、左側のスチール棚は空きスペースがめだった。

「これは原さん、おひさしぶりです」

奥のデスクに座る男が愛想笑いをうかべて腰をあげた。

手前のデスクには四十年配の、小太りの女がいる。女は顔もむけなかった。

原が右の人差し指をさした。その先にドアがある。

「空いてるか」

「ええ。どうぞ」

言って近づき、男が手前のドアを開けた。応接室だった。

原に勧められ、ソファの奥に腰をおろした。原がとなり、男が原の正面に座る。

「紹介する。新宿署の石川巡査部長だ」

原に言われ、男が顔をむけた。

「初めまして。店長の平野です」

渡された名刺には〈博愛ローン　店長　平野健介《けんすけ》〉とある。歳は三十代半ばか。白いワイシャツに濃茶色のネクタイを締めている。サイドバックの髪は光っている。細面にチタンフレームのメガネ。さぐるような目つきだった。

石川は、平野にかざした警察手帳を胸ポケットに収めた。

「山口詩音という女性をご存知ですね」

「ええ」平野が即答した。「うちで働いていました」

「いつまで」

「先週です」

「先週の何曜日ですか」

「………」

平野が口元をゆがめた。

「どうしました。忘れたのですか。答えられないのですか」

「ねえ、刑事さん」

口調が変わった。平野が前かがみになる。

「なんの捜査ですか」

「説明させたいんか」

石川は目と声で凄《すご》んだ。平野が地をだすのを待っていた。

「なんのことか、さっぱり見当がつきません」

「彼女は、なぜ辞めた」

「知りません。そういうことは社長が……あいにく、社長は不在でしてね」

「連絡しろ。俺が会いたがってると言え」

「無茶な……」平野が視線をずらした。「原さん、お願いしますよ」

「頼む相手を間違ってるんじゃないか。俺はおまえらに義理はない」

原が平然と言った。

読めた。原は興神会とつながっていない。興神会に関心があるから同行した。原も覚醒剤事案を追っているのか。その推察に蓋をした。あとまわしだ。

どかどかと靴音がした。

応接室のドアが乱暴に開き、興神会若頭の西田があらわれた。赤鬼の相だ。あとに続く二人も顔がひきつっている。平野は跳びはね、壁際に突っ立った。

「遅かったじゃないか」原が言った。「待ち構えてると思ってた」

「なにをほざく。ここはてめえのくるところじゃねえ。担当違いだぜ」

「おまえがあらわれると読んだ。それなら俺の出番だ」

「ふん」

西田が鼻を鳴らし、平野のあとに座った。

石川は先に仕掛けた。

「きれいな顔をしてるじゃないか」

「なんだと」西田が眦をつりあげる。「どういう意味だ」

「焼きを入れられたと聞いたが」

「山岸組の若頭ともあろうお人が、よそ者につまらんことを喋るもんだ」

「本人に面と向かって言え。もっとも、俺にささやいたのは別人だ」

「どうでもいい。おまえ、なにしに来やがった」

「俺にお鉢が回ってきた。おまえらの働きが鈍いからな」

「おい」西田が顔を近づける。「伯父貴《おじき》とつながってるからと、図に乗るなよ」

石川は平野に声をかけた。

「早く電話しろ。社長が来たら、連れて帰る。任意同行だ」

「ふざけるな」西田が怒声を放った。「近藤が何をした」

「山口詩音のことで訊きたいことがある」

「てめえ……近藤は旅に出た。半年は戻ってこん」

「東南アジアで整形外科の手術を受けてるんか」

となりで原が笑いを堪《こら》えている。

西田が忌々しそうに原を見たあと、口をひらいた。

「手術もできん顔になる前に消えろ。女は、俺が片をつける」

「そりゃそうだろう。へまをかさねれば興神会の跡目どころか、破門になる」

「うるせえ」

石川は横をむいた。

「時間のむだのようです」

「そうだな。ここは空気が悪い。ほかに行こう」

原が立ちあがった。

石川も続いた。応接室を出たところで、若い男に肩をぶつけられた。とっさに男の襟を取り、腰で払う。もんどり打つ男の鳩尾《みぞおち》を革靴の踵《かかと》で踏みつけた。

悲鳴は背で聞いた。

「さすがだ」そとに出るなり、原が言った。「新宿署のマル暴担当は迫力がある」

「心強い援軍のおかげです」

愛想を言った。相手を持ちあげる。手のひらを返す。得意技だ。

ポケットの携帯電話がふるえだした。原にことわり、その場で耳にあてる。

「石川だ。どうした」

《鍋屋横丁の俊也のアパートのまわりをうろついてる男がいます。かれこれ一時間近く、アパートの住人にも声をかけました》

「ひとりか」

《はい。バイクで来たようです》

「なんでアパートに行った」

昨夜、ゴールデン街のスナックで指示をだした。

――監視を始めて以降の、俊也が立ち寄った先にでむき、相手から話を聞け――

そんなことをすれば内偵捜査に影響すると、塚田は抵抗したが、押し切った。警視総監賞が効いたようだ。

《灯台下暗しもあるかと思いまして……職務質問《ショクシツ》をかけましょうか》

「やめておけ。先に、素性を確認する。バイクのナンバーは控えたか」

《はい。言います。いいですか》

石川は手帳とボールペンを持った。原がセカンドバッグを持ってくれた。

「言え」

ナンバーを書きとめて、復唱した。

「俺が問い合わせる。おまえは、気づかれないように監視しろ」

《承知しました》

通話を切るなり、原が声を発した。

「問い合わせるまでもない」

「ご存知なんですか」

「ああ。時間はあるか」

「ええ」

歩きだした原が足を止め、路地角に目をやった。

「おい、坊垣」

「はい」中年男が近づいた。「お疲れさまです」

「飼主のことが心配になって、様子を見に来たのか」

「一応、このあたりは自分の担当ですから」

「早く行ってやれ。熱気で爆発するかもしれんぞ」

坊垣が目をしばたたいた。

原がふたたび歩きながら話しかける。

「あいつは生活安全課のタヌキ……西田の情報屋だ。俺の部下も手を染めてる」

石川がふりむいたときはすでに、坊垣の姿はなかった。


神田駅のコンコースを通りぬけ、商店街のほうへ歩く。商店街の名称は残っているけれど、一帯は性風俗店がひしめく歓楽街だ。

原が路地角で立ち止まり、指をさした。その先に『神田ドッグ』の看板がある。シャッターはおりていた。

「バイクの男はこの店の主だ」

「面識があるのですか」

「なんとも言えん。が、縁はある」

また歩きだし、雑居ビル二階の喫茶店に入った。都内に古くからあるチェーン店だ。ゆったりした空間で、ソファの座り心地もいいが、値段が高い。ちらほら客がいた。

原は窓際の席を選んだ。そこから『神田ドッグ』の看板が見える。

二人ともコーヒーを頼んだ。

石川はラッキーストライクのパッケージを手にした。

「一本くれないか」原が言う。「三年前まではそれひと筋だった」

「煙草をやめたのですか」

「胃をやられて、国産の一ミリに替えた。未練たらしいが、喫わなきゃ神経が持たん」

苦笑し、ライターの火をつける。

ウェートレスがコーヒーを運んできた。

原は生クリームを混ぜて飲み、顔をあげた。

「街金にでむいた理由を教えてくれないか」

「情報のウラを取るためです」

「取れたようだな。山口詩音という女が覚醒剤《シャブ》を盗んだのか」

石川は目を見開いた。もうすこしでコーヒーをこぼすところだった。

「どうして、それを……万世橋署は事件として動いてるのですか」

「それはない。あくまで、俺の個人的な関心にすぎん。もっとも、興神会を潰せる証拠を摑《つか》めれば、部署として動くことになるが」

「自分に期待されてるのですか」

「それもない。君のことは調査済みだ。山岸組の若頭と入魂《じっこん》なのはわかってる」

石川は背をまるめた。眼光が増した。

「いったい、どういうことです。腹の中を見せていただけませんか」

原が煙草をふかし、間を空けた。

「昔、ある人に世話になった。その人と縁のあった若者が窮地に立たされた」

「バイクの男ですか」

原が頷いた。

「斉藤雅人、二十九歳。助けてくれと頼まれ、詩音を店に匿《かくま》った。それが始まりだ。雅人に関してはデータを見なさい。犯歴はないが、素性と経歴はわかる」

「つまり、元やくざですね」

「そこまでにしてくれ」

原が語気を強めた。

「あなたは以前、どこにおられたのですか」

「赤坂署と麻布署が長かった」

「どっちも本筋ですね」

赤坂にも六本木にも指定暴力団の本部が所在する。ほかに、新宿、渋谷、池袋。警視庁のマル暴担当の猛者が多く配されている。

原が顔を窓にむけた。

午後四時過ぎ、万世橋署を出た。セカンドバッグには雅人の個人情報が入っている。原の厚意にあまえた。『博愛ローン』に関する資料も頂戴した。

神田駅にむかって歩きだしたところで携帯電話が鳴った。塚田からだ。

「どうした」

《見失いました》

「気づかれたか」

《それはないと思いますが、バイクには太刀打ちできません。Nシステムでの追跡を依頼しましょうか》

自動車ナンバー自動読取装置、通称Nシステムは都内の主要道路に設置されている。交通犯罪に対応するためだが、重要犯罪事案での不審車両の割り出しにも活用されるようになった。いまや、刑事事案の初動捜査に防犯カメラとNシステムは欠かせない。

「しなくていい。班の連中に俺らの動きがばれる」

それだけではない。原のひと言がある。

――『神田ドッグ』は五時開店で、トラブル発生以降も営業している――

こちらから訊きもしないのに、会ってみろと言わんばかりの情報である。

《では、いったん署に戻ります》

「会議があるのか」

《いいえ。たまに顔をださなければ、それこそ疑われます》
「ほっておけ。おまえは新宿三丁目のネットカフェにむかえ。そこに河合美和という女が泊まってる。その女を見張れ。住所と女の顔はメールで送る」
《何者ですか》
「関係者だ。カラオケボックスにいた」
《あとからひとりで来た……デパートで撒かれたと言わなかったですか》
「忘れた」そっけなく返した。「美和は、覚醒剤を略奪した詩音とも、俊也と逃亡中と思われる真衣ともつながってる」
《部屋番号もご存知ですか》
「ああ。俺の話のウラを取りたければ、ネットカフェの防犯カメラの映像を見ろ」
《ということは、もう見られた……隠し事が多くありませんか》
「これで、全部さらした。不満なら手を引け」
《いまさら……わかりました。データをお願いします》
メールを送信し、顔をあげた。空模様が怪しい。
原と入った喫茶店に戻った。おなじ席が空いていた。
コーヒーを注文し、煙草をくわえてから腕の時計を見た。まだ十五分ある。

窓に顔をむけているうちに、原の声がよみがえった。

――昔、ある人に世話になった。その人と縁のあった若者が窮地に立たされた――

もらったデータによれば、雅人は三好組本部の部屋住みだった。

直にかかわったことはないが、三好組と三好義人組長のうわさは耳にしていた。裏社会では、三好を〈平成の侠客〉とか〈筋目の男〉という者もいた。

しかし、しょせんはやくざだ。黒が白になれるわけではない。

それなのになぜか、原のしんみりした声音が耳に残った。親を見れば子がわかる、子を見れば親がわかるという。石川は雅人の顔を見たくなって戻って来たのだった。

路地角の雑居ビルから男が出てきた。データの写真と同一人物だ。シャッターをあげ、窓枠に長方形の板を取り付ける。自販機で缶コーヒーを買い、中に入った。


石川は『神田ドッグ』の前に立った。

丸椅子に座っていた雅人が腰をあげた。

付台のメニュー表を見た。三種類のホットドッグしか書いてない。

「カレードッグを」

「ありがとうございます」

雅人が手を洗い、コンロに火をつけた。ローラーグリルにソーセージを載せてから、ひと摑みの刻みキャベツをフライパンに入れる。菜箸を使ってかるく炒《いた》め、カレー粉をおとした。火を止める前、一滴の醬油《しょうゆ》をたらした。

香ばしいにおいが流れてきた。
二、三分が過ぎた。
「お待たせしました」

どこかで、目の動きが止まったようだ。ポケットをさぐり、四百円を付台に置いた。

目の前に三角形の紙容器に包んだホットドッグがある。

「ありがとうございます」

石川はホットドッグを受け取っても、雅人を見つめていた。

「刑事さんですか」

雅人が言った。

ふいをつかれた感覚はなかった。

「新宿署の石川だ」

雅人がまばたきした。それで、自分の名前を知っていると悟った。

「話せるか」

「中でもかまいませんか。ひとりなもので。それに、それも……」

石川は視線をおとした。手のひらが温かい。

「そうさせてもらう」

中に入ると、雅人が折り畳みのパイプ椅子をひろげた。

「よろしければ、どうぞ」

雅人が缶コーヒーを勧めた。

石川は礼を言い、ホットドッグを口にした。醤油の焦げたにおいは消えていた。食感がいい。口の中にカレーの風味がひろがった。

すぐに食べおえ、つめたい缶コーヒーを飲んだ。

「興神会の西田にフクロにされたそうだな」

「身体が鈍《なま》ってしまいました」雅人が笑顔で言い、煙草を手にした。「いいですか」

「ああ。俺も喫う」

肩の凝らない相手だ。お互い、相手の素性を知った上で話している。その思いは強くある。自分のことを誰に聞いたのか。詮索する気にはならなかった。

煙草をふかし、言葉をたした。

「山口詩音はどんな女だ」

「普通の女です。やってることは無茶苦茶ですが」

雅人が苦笑した。

「無茶する者を普通とは言わんだろう」

「それはそうですね。でも、普通に見えました」

「だから、匿ったわけか」

返答はなかった。

「いまは、手を焼いてるか」

「………」

雅人が口を結んだ。が、視線はそらさない。

「奪ったものを盗まれた。プラスマイナス、ゼロだ。諦めさせろ」

「それで、済みますか」

静かなもの言いだった。

「いまのやくざは計算ができる。ブツが戻れば、リスクは負わん。ましてや、詩音は堅気……そんな女を殺《や》るもんか。組が潰されるようなまねはせん」

「それで、筋が通りますか」

「通る」きっぱりと言った。「通さなければ、暴力団は生きて行けん」

雅人が頬を弛めた。笑顔ではなく、哀《かな》しそうに見えた。

「詩音に会わせろ。俺が話をつける。山岸組にも手を引かせる」

「ブツが元の持主の手に戻れば、考えます」

「手遅れになるぞ。詩音が山岸組から逃げまわっているだけならいいが、誰かを追っているとしたら……」

声を切った。背に人の気配を感じた。

「お客さんか」

声がして、ふりむいた。万世橋署の坊垣とかいう男だ。

「あんたは……」坊垣が目をぱちくりさせた。「先ほどはどうも」

「仕事熱心ですね、坊垣さん。それとも、誰かに頼まれたのですか」

「おっしゃってることがよくわかりませんが」

「それはないでしょう。あなたはわたしをご存知のようだ」

「えっ」

「さっきはお互いに挨拶をしなかった。原警部補も、あなたにわたしのことは話さなかった。どうして素性を確かめないのですか」

「それは……原さんと一緒にいたから……」

しどろもどろに言い、坊垣が視界から消えた。

石川は視線を戻した。

「あんなもんだ。寝て覚めたら、人は恩義を忘れる」

一時期、原と坊垣は赤坂署でおなじ釜の飯を食ったという。

――あいつも世話になった口だ――

原はそう言った。三好の世話になったということだろう。

「あなたはどうなのですか」

「俺は、恩義を感じたことがない。すべて、ギブ・アンド・テイクだ」

「うらやましい」

抑揚のない、独り言のように聞こえた。

「本音か」声がとがった。「素を見せたらどうだ」

「見せようがありません」

「どういう意味だ」

「すみません」

言って、雅人が立ちあがった。

「いらっしゃいませ」

接客口に二人の男がいる。サラリーマンに見える。

今度は気配を感じなかった。それで、諦めた。雅人に声をかける。

「電話してもいいか」

「番号はご存知なんですね」

「ああ。変わってなければ」

「変えるわけがありません」

雅人が笑みをうかべた。

「チリドッグを二つください」

「毎度ありがとうございます」

石川は、元気な声に背を押された。

★

★

携帯電話を手に部屋を出た。

《美和さん、お願いします。準備はできました》

午後六時にかかってきた電話で、良子はそう言った。声には張りを感じた。

一階に降り、裏の出入口にむかった。万全を期すつもりである。目を皿にして周囲を見渡した。裏路地といえども、この時間帯は人が行き来している。

あの男の姿が見えないことを確認し、正面玄関に移動した。

ビルの狭間にもいない。左へ歩き、交差点に立った。道行く人を一人ひとり視認する。

それでも胸の不安は消えない。どこかに潜んでいるのではないか。その思いを払うように踵《きびす》を返し、逆方向へむかう。右側も四つ角まで歩き、おなじ作業をした。

携帯電話を持つ手が汗ばんでいる。

もう一度確かめよう。美和は自分に言い聞かせ、正面玄関に戻った。あの男がいた場所に立ってみた。扉のガラス越しに、フロントもエレベータホールも見える。もしものときは良子を助けられるだろうか。自問自答した。運悪く、良子に連絡したあと男があらわれた場合を想定し、頭を働かせる。
深呼吸をした。息が乱れかけている。携帯電話を開いた。
《どう》
「いません」
《おかしいわね。よく見てくれた》
「はい。表も裏も確認しました」
《わかりました。これから出ます。玄関から左に走り、タクシーに乗ります》
「万が一のときは電話します。ケータイを持っていてください」
《そうならないことを願うわ》
通話が切れた。
心臓が口から飛びだしそうだ。携帯電話を握り締め、左右を見る。そのあと、扉のむこうを食い入るように見つめた。早く来て。叫びそうになる。
一階通路に良子があらわれた。キャリーバッグを手にしている。まっすぐ玄関にむかってくる。扉が開いた。

美和は左右を確認した。あの男の姿はない。

良子のほうに駆け寄る。そのときだった。

扉のむこうに男を見た。

「うしろ。早く逃げて」

美和は必死で叫んだ。

良子がふりむき、あわてて駆けだした。キャリーバッグが音を立て、引きずられる。

美和は、玄関に突進した。なんとしても男を止める。だが、一瞬、怯《ひる》んだ。男は鞄の代わりに刃物を持っていた。柳刃包丁のように細身で先が尖《とが》っている。

「待て、良子」

路上に飛び出るや、男が怒声を発した。面相が豹変《ひょうへん》している。鬼だ。

美和は我を忘れた。一秒でも遅らせる。その一念だった。

「やめて」叫びながら、男にむかった。「誰か、止めて」

刃物が動く。

美和はうしろから男に抱きついた。両腕に力をこめる。が、あっけなく振り解《ほど》かれた。

男の肘が顎を捉え、美和は尻餅をついた。

良子を見た。もうすこしで四つ角に着く。大勢の人が突っ立っている。

男が追う。ふりかざした刃物がきらめいた。

「殺してやる」

男がわめく。良子の足が鈍ったように見えた。恐怖で竦《すく》んだか。もつれたか。あっというまに二人の距離が縮まる。

「誰か、助けて」

美和は何度も叫んだ。

誰ひとりとして野次馬は動かない。

捕まる。殺される。美和は目をつむった。

直後、悲鳴が聞こえた。どよめきがおきる。

美和は目を開けた。路上で人がもつれている。

そのむこう、良子が立っている。棒杭のようだった。

美和は駆けた。

見知らぬ男が馬乗りになっている。その手に黒く光るものを見た。

「逮捕する」上になる男が声を発した。「銃刀法違反の現行犯逮捕だ」

手錠を打つ音がした。

男が足をばたつかせる。「良子」を連呼した。傍らに刃物が転がっていた。

その脇を通り過ぎ、美和は良子に近づいた。

良子は呆然《ぼうぜん》としていた。顔に色はなく、くちびるがふるえている。

美和は良子の腕を取った。

「大丈夫ですか」

「……………」

目が合った。その目の色が激しく変化するのがわかった。

「いまのうちに逃げてください」

「役立たず」

声がした。地底から響くような声だった。

「殺されるところだったのよ」

一転、金切り声になった。たちまち良子の顔が朱に染まる。

美和は固まりそうになった。かろうじて口をひらく。

「ごめんなさい」

「こんな様《ざま》だから、あんたは負け犬になったのよ」

「……………」

声を失くした。頭の中は真白になっている。

遠く、サイレンの音が聞こえる。近くで警笛が鳴った。交差点の左右から制服警察官が駆け寄ってくる。三人、五人。警棒をかざす者、腰のガンホルスターに手をかけた者もいる。二人が良子の夫の両側に屈んだ。

「新宿署組織犯罪対策課《ソタイ》の塚田だ。この男を連行しろ」

塚田と名乗る男が大声を発し、周囲を見渡したあと、近づいて来た。

「お怪我はありませんか」

良子に声をかけた。

「はい。おかげさまで」

か細い、普段の声だった。

「あの男は何者ですか」

「夫です。ＤＶがひどくて、二年前から身を隠していたのですが……」

塚田がうんうんと頷く。

「くわしいお話は署で伺います。よろしいでしょうか」

「ええ」

拒む気配はなかった。

塚田が視線をずらした。

「あなたは」

「河合です。この方の……」良子のほうに視線をやる。「友人です」

「なにが友人よ」良子が声を荒らげた。「あんたのせいで殺されかけた。わかってるの」

摑みかからんばかりの形相になった。

「まあ、おちついてください」

塚田が両手を良子の肩にあて、なだめるように言った。

良子の剣幕はおさまらない。塚田の片方の手を払いのけた。

「あんたの顔なんか見たくもない。消えて」

「奥さん」塚田が声を張った。「そんな言い方は……」

美和は駆けだした。前方の人垣が割れる。その空間に突進した。

「待ちなさい。河合さん、待っ……」

塚田の声はまたたくまに聞こえなくなった。

闇雲に走った。途中、転びかけた。ぶつかった相手に怒鳴られた。かまわず必死で逃げた。良子から離れたかった。それでも、良子の罵声が追いかけてくる。

どれほど駆けたか。路地を曲がると人がいなかった。立ち止まり、両手を膝にあてる。

膝がふるえた。身体がふるえているとわかるのに数秒かかった。

何度も空唾をのみ、呼吸を整える。体温が逃げていくのがわかった。

姿勢を戻し、壁に背を預けた。携帯電話を握っていることに気づいた。

発信する。お願い、でて。胸でつぶやいた。

《美和、どうした》

力強い声に、腰が砕けそうになる。急速に緊張が解けてゆく。

「助けて」

声がかすれた。

《どこにいる》

「わからない」周囲を見た。記憶にない路地裏の風景だった。「新宿の、どこか」

《タクシーを拾えるか》

前方に空車が見えた。

美和は、あわててパーカーのポケットをさぐった。あった。きのう一万円をチャージしたばかりのＳｕｉｃａだ。空車めがけて手をふる。

「どこに行けばいいの」

《四谷見附の交差点……交番がある。その前で会おう》

通話が切れた。同時に、タクシーが停まった。ドアが開く。乗って、訊く。

「スイカ、使えますか」

「はい。スイカでもパスモでもご利用になれます」

運転手が答えた。バックミラーに映る目はやさしそうに見えた。

美和はシートに身体を預けた。

タクシーに乗ってほどなく、見慣れた街があらわれた。

野次馬の群れもない。パトカーも見あたらなかった。そんなものかもしれない。良子が刺されていたら、違った風景を目にしたことだろう。

新宿通りを半蔵門方面へ走っている。

詩音は四谷にいたのだろうか。流れる夜の街を眺めながら、ぼんやり思った。

「右折しますか」運転手が訊いた。「交番は右折してすぐのところにあります」

「直進して、交差点を過ぎたところで停めてください」

交番の前に横づけするのはなんとなく気が引ける。

Ｓｕｉｃａで精算してタクシーを降り、横断歩道を渡る。

詩音の姿が見えた。交番の灯《あかり》が詩音の横顔を照らしている。

早足になった。渡り切ったところで顔が合う。

「大丈夫か」

詩音に手を握られた。温かい。そのまま引かれた。ジーンズに生成りのシャツ、ジャケットを着ている。ジャケット姿は初めて見た。

タクシーに乗った。詩音が行く先を告げる。そのあとは無言だった。

美和も話さなかった。つないだ手のひらで会話していた。

――水道橋の三崎町へ――

たしか、詩音はそう言った。

人はちらほらいるが、静かな住宅街だ。アパートや低層マンションが目につく。

詩音が周囲に目を凝らしたあと、二階建てアパートの外階段をのぼる。

手前のドアの前で足を止め、バッグから鍵を取りだした。

「入ってな。コンビニに行ってくる」

詩音がドアを開け、美和の背を軽く押した。照明をつけ、外からドアを閉める。

美和はスニーカーを脱いだ。キッチンを通り過ぎ、奥の部屋に入る。壁のスイッチにふれた。灯がともる。殺風景な部屋だった。男が住んでいると感じた。

座卓に灰皿がある。

床に腰をおろし、煙草を喫いつけた。瞼《まぶた》が重くなりかけている。『コンスタン』を持っていないことに気づいた。が、不安はひろがらなかった。

煙草を消す前に玄関のドアが開き、詩音が入って来た。

コンビニのレジ袋はふくらんでいた。詩音が胡坐をかき、くわえ煙草で商品を座卓にならべる。鶏の唐揚げと春巻、コンビネーションサラダもある。

「食べたくなったら食べな」

言って、詩音が缶ビールのプルタブを引く。

美和もビールを飲んだ。苦味が心地よかった。

詩音が煙草をふかしたあと、右手で美和の右手をやさしく握った。

「話せるか」

「うん」

美和は、ネットカフェでの一部始終を話した。途中からは途切れ途切れになり、涙が溢《あふ》れでた。詩音が指先で涙を拭ってくれた。

――こんな様だから、あんたは負け犬になったのよ――

――なにが友人よ……あんたのせいで殺されかけた。わかってるの――

良子の罵声は言えなかった。悔しさよりも自分を嫌悪する気持のほうが強い。

話しおえると、くちびるを噛み、天井を見あげた。詩音に連絡がとれなければ、いまごろはどうしていたのだろう。ふと思い、身体がふるえた。

「美和、アメリカに行こう」

「えっ」

元気な声に、美和は視線を戻した。

「パスポートは持ってるか」

「うん」

四年前、ロサンゼルスに行った。そのとき、エスタを申請した。ビザなしで渡航できるアメリカだが、同時多発テロのあと入国審査がきびしくなり、二〇〇九年一月以降は米国電子渡航認証、略称ESTAの申請、許可が必要になった。

思えば、社会人になって一番たのしかった時期である。

詩音とアメリカで暮らせばあのころの自分に戻れるだろうか。心が動いた。

「どうしてアメリカなの」

「わたしが行くからさ。美和も連れて行く」

「むこうで何をするの」

「二年……三年かな。美和はバイトをして頑張れ。そのあとは、わたしが面倒を見る」

「どういうこと」

「ニューヨーク州の弁護士になる」

「えっ」美和は目を白黒させた。「どうしてアメリカの弁護士なの」

「それを訊くかな」

詩音が苦笑した。が、すぐ真顔になった。

「二十三歳のとき、傷害致傷罪で有罪判決を受けた。三年の執行猶予付きだけど……判決が失効して資格が取れる身になった」

「それなら日本の司法試験でも……」

詩音が首をふる。

「判決は失効しても、犯歴は残る。日本人も、日本の企業や団体も、犯歴を気にする。一度おかした罪は一生ついてまわる。人権を謳《うた》う弁護士会もおなじ……司法試験に合格しても、弁護士会が入会を許可するかどうか……執行猶予付きでも、傷害や殺人、詐欺などで有罪判決を受けた者への審査はきびしい。コネがあれば別だけど……その点、アメリカはなによりも人権を大切にする。法律社会だから、罪は罪、人は人なの」

「詩音さんは法律を勉強してたの」

「大学四年のとき、受験に失敗した」

そのあと、詩音に何がおきたのか。気になるが、訊けなかった。

「やっと留学ビザが取れたんだ」

詩音の声がはずんだ。瞳が輝いた。

「アメリカのロースクールに通う。日本にもアメリカの弁護士になるための講座はあるけど、時間とおカネがかかる。アメリカのロースクールより合格率が低い。アメリカの三年間で弁護士資格を取ってみせる」

「もしかして、留学ビザを取るためにヘルスをやめたの」

「そうさ。身分証明が必要だったからね。街金の社長に頼んで、勤続年数をごまかしてもらった。普通の会社じゃそうはいかない」

詩音が片目をつむった。

アメリカンドリームか。美和は胸でつぶやいた。

過去を引きずらなくて済む国なのか。そんなふうにも思った。

心に射した一筋の光明とは別に、素朴な疑念が声になる。

「そんな夢があるのに、どうしてあぶないまねをしたの」

「おカネは邪魔にならない」

突き放すようなもの言いだった。

詮索すれば詩音の心の疵《きず》にふれそうな気がする。美和は話題を変えた。

「ここは誰の部屋」

「男……あぶないところを助けてくれた」

「ここで暮らしてるの」

「追いだされた」詩音が笑った。「女を見る目がないんだ」

美和も頰を弛めた。唐揚げをつまみ、ビールを飲んだ。

「ところで、メールの件はなんだった」

「あっ。ごめん、大事なことを忘れてた」

きょうの昼にショートメールを送った。一時間後に返信が届いた。

《あとで電話する》

それを見たのは午後五時だった。良子と電話でやりとりしたあと精神安定剤をのみ、眠ってしまった。急用です、と再送しかけて思い留まった。良子との約束があった。

美和は、真衣とのやりとりを懸命に思いだした。ずっと昔の出来事のようだ。時間をかけて、できるだけ忠実に話した。

詩音は口をはさまなかった。が、頭を働かせているのは感じとれた。

話しおえると、詩音はくちびるを噛む仕種を見せ、煙草に火をつけた。

「覚醒剤のうわさが流れてると……そう言ったのね」

「うん。だから、足元を見られてるそうよ」

詩音が押し黙る。

間が持たず、美和は煙草を喫いつけた。

「真衣はおカネを持ってないのか」

詩音がぽつりとつぶやいた。

美和が答える前に、詩音が言葉をたした。

「警察が俊也を追ってることを話したんだね」

「まずかったかな。刑事の名前と追ってる理由は話さなかったけど」

「お昼に……」

「いつ」

詩音の目の色が変わった。

「真衣から電話があった」

「気にするな。その話をしたときの真衣の様子は」

「動揺してた。そのあとの話はしどろもどろになった」

「で、おカネを貸せと……十万円でもいいと言った」

確認するような口ぶりだった。

「ホテルに泊まるおカネがないって……俊也の家にいるのかな」

「いない」

「調べたの」

「うん」

詩音が缶ビールをあおった。表情は険しさを増している。

★　　★

部屋のカーテンの隙間から灯が洩れている。

バイクを停め、雅人は闇夜に目を凝らした。人影はない。路上にあやしげな車もない。

記憶をたどった。朝、詩音に呼びだされたとき蛍光灯はつけていなかった。

そうか、詩音か。部屋の鍵を返してもらっていないことを思いだした。

階段をのぼり、ドアの穴に鍵を挿した。

「お帰り」

詩音の声がした。スニーカーを脱ぎかけて、気づいた。女の靴が二足ある。

「誰か一緒なのか」

声をかけながら奥にむかった。

「おじゃましています」

女が顔をむけた。見覚えがない。

「美和よ」詩音が言った。「会いたかったんだろう」

美和が詩音のとなりに移り、雅人は美和のあとに胡坐をかいた。

「それしきの理由で、あぶない場所に戻って来たんか」

「いまは一番安全よ。西田と刑事が来たあとだからね」

「おまえは図太い」

「ありがとう」

詩音が澄まし顔で言った。

雅人は、開いている缶ビールを指さした。

「誰のだ」

「わたしの」

聞いて、雅人は缶ビールをあおった。ひと口で空になる。

美和が腰をうかした。

「わたし、買ってきます」

「冷蔵庫にある。ついでに、グラスも頼む」

泡のないビールはものたりない。

美和がキッチンにむかう。

雅人は、詩音に話しかけた。

「なにがあった。どうして美和を連れてきた」

「ひとりにさせられない。覚醒剤とは別のことよ」

雅人は煙草をくわえた。詩音は理由を話したくなさそうだ。

美和が缶ビールとグラスを運んできた。

グラスにビールを注いで飲み、煙草をふかした。

「美和」詩音が声をかける。「となりの部屋で横になってなさい」

美和は黙って従った。

ドアが閉まると、詩音が口をひらいた。

「きょうは収穫がなかった。あのあと介護会社に戻り、オフィスから出てきた事務員に話を聞いたんだけど、真衣と連絡をとってる人はいないみたい。真衣をひいきにしている三人のお婆ちゃんの二人と話したけど、家の中だけのつき合いだって」

「俺のほうも空振りだ。アパートの住人と、近くのコンビニで話を聞いたが、しばらく俊也の顔を見てないそうだ。メールボックスはチラシで埋まってた」

詩音が首を傾けた。

「どうした。なにが気に入らん」

「美和に電話がかかってきた」

「真衣か」

「そう。カネの無心をされたそうよ。それも、たった十万円を口座に振り込んでくれと。ホテルにも泊まれない状況みたい」

「振り込んだのか」

「まさか。美和は会って渡すと言ったけど、拒否された」

「こっちの様子をさぐるのが目的だったんじゃないか。カネの相談なら八王子の姉とか、親しくしてる会社の同僚とか……」

「電話した」詩音が強い声でさえぎった。「たぶん美和と話したあとだと思うけど、姉に電話し、仲のよかった同僚にメールしてる。どちらからもおカネの要る理由や健康状態を訊かれ、真衣のほうが一方的に話をおわらせた」

「そうか」

雅人はため息をついた。詩音は冷静に考え、ぬかりなく手を打っている。その上での決断を思い留まらせるのは至難の業のように思えてきた。

「真衣をどうやって誘《おび》きだすか」詩音が独り言のように言う。「妙案がうかばない」

「のこのこあらわれるもんか。俊也がいるんだ」

「その俊也も焦ってる。二人が遠くに逃げるには覚醒剤を売るしかない。けど、話を持ちかける相手に足元を見られてると……真衣が愚痴った」

「覚醒剤が盗まれたといううわさがひろまったわけか」

想定内だ。鳥原に話を聞いたとき、遅かれ早かれそうなるとは思った。

「そういうこと。間違いなく二人は追い詰められてる。旨い餌を投げれば、食いつく」

詩音の瞳に熱を感じた。追い詰められているのは詩音もおなじだ。

「諦めたらどうだ」

「はあ」詩音が眉尻をさげた。「あんた、なに言ってるの」

「夕方、店に刑事が来た。新宿署の石川だ」

詩音の目つきが鋭くなった。

雅人は言葉を継いだ。

「おまえに会わせろと言われた。話がつけば、山岸組には手を引かせるとも」

「なんて答えた」

「考えておくと」

――ブツが元の持主の手に戻れば――

その条件は言えない。詩音が激怒する。

「わたしを、売るか」

「売らん。筋が通らん」

躊躇《ちゆうちよ》なく言い切った。

――それで、筋が通りますか――

石川に言ったときは血が滾《たぎ》りかけた。いまは冷静に話せている。

わずかに詩音の目元が弛んだ。

「しかし、石川の提案は悪くない。やつは状況を的確に把握している。美和に会って事情を聞いたのも、自分の推察を裏づけるためだ。その上で、俺の前にあらわれた」

「その推察を、山岸組の武見に話したのかな」

「全部は話してないだろう。していれば、俺に話を持ちかけん」

「罠《わな》かもしれないじゃない。武見に言われて」

「考えすぎだ。石川はただの飼い犬じゃない。それは言い切れる」

「わかった。あんたの目を信じる」

詩音が煙草を喫いつけ、隣室のドアのほうに目をやった。心配するまなざしだった。

「美和はすべてを知ってるのか」

小声で訊いた。

視線を戻し、詩音はゆっくり首をふった。

「あの子の身体にさわることは話してない」

詩音もつぶやくように言った。

二人の関係に気がむきかけ、雅人は頭をふった。

「三百万円があるんだ。覚醒剤は諦めろ」

「あんたが武見なら、どうする。覚醒剤も三百万円も手元に戻ったら、水に流すのか。それで、やくざの面子が立つのか」

「立たん。が、石川に言わせれば、いまのやくざは組織の存続が最優先するそうだ」

「やくざも堅気もおなじさ」

「欲をかくな。命をおとすぞ」

「欲じゃない」詩音が声を張った。「善意の仮面を被った犬畜生には報復してやる。人の好意を踏みにじるやつも……絶対に許さない」

激しい憎悪がこもる声音だった。

雅人は、詩音を見つめた。目は合っているのに見つめ合うという感覚がない。

視線をおとした。グラスを空けてビールを注ぎ、また飲んだ。そのあいだ、詩音は蠟人《ろうにん》形《ぎょう》のようだった。息をしているのかもわからなかった。

ふいに詩音の左手が伸び、雅人の右手にかさなった。

「勝手な言種よね。わたしみたいな女が……ありがとう」

手のひらに謝意が伝わった。雅人はゆっくり首をふった。

「今度こそあんたの前から消える」

「消えたからって、どうなんだ。俺がかかわったことも消えるのか」

「……」

詩音の顔が傾いた。頬が弛むのがわかる。

「あんたは本物のばかね」

「よく言われる」

パチンと弾けるような音がした。詩音が平手で雅人の手を打ったのだ。

「どうなっても知らないよ。責任はとれないからね」

「頼んでない」

グラスをあおり、詩音を見据える。

「あたりをつけてたのか」

「えっ」

「覚醒剤さ。買い手は見つけてたのか」

「一応ね」

普段のもの言いに戻った。

「事務所での取引の日が決まった直後、それとなく相手の反応をさぐってみた。買ってくれそうな手応えはあった」

「一キロというのもわかっていたのか」

「そう。社長は脇があまい。わたしにはなんでも喋った」

「そんな話はいらん。で、盗んだあとだが、いつ電話した」

「あんたが寝てる間にそとからかけた。どうやって手に入れたのか、しつこく訊かれた。はじめは値引きの材料にするのかと思ったけど、同業を気にしたのね。ことわられるのはこまるから、正直に話した。そしたら、二、三日待てと言われた」

「そのあと、ネットカフェに宅配で送った。俺の目を避けるためだな」

「そう」

「どうして真衣なんだ。美和に送れば……」

詩音が手のひらでさえぎり、ちらっと隣室のほうを見た。

「不測の事態を考えた。美和を巻き込みたくなかった」

雅人は頷いた。

そういうことなのだろうとは思っていた。美和を見る詩音のまなざしは母親のそれのようだった。真衣が盗んだのも不測の事態だが、それを言っても始まらない。

「同業を気にしてると言ったな。交渉の相手は誰なんだ」

「歌舞伎町のやくざ……新明会の成田って男よ」

雅人は目を見開いた。

「知ってるの」

詩音の声がうわずった。

「成田は知らん。が、新明会は……石川の標的だ。経堂で話したよな。石川は専従班にいると。専従班が内偵捜査をしている〈歌舞伎町薬局〉は新明会の組織だ」

「やっぱり」詩音が肩をおとした。「悪い予感はよく中《あた》る」

雅人は、ファミリーレストランで石川の話をしたときのことを思いだした。

——おまえが盗んだブツじゃない。山岸組とは別の組織の薬局が標的らしい——

——でも、山岸組の飼い犬なのよね——

あのとき、詩音はめずらしく弱気な表情を見せた。

「成田とは以前からの顔見知りか」

「歌舞伎町のキャバクラの客で、何度かごちそうになった」

「街金に勤めてからは」

「ない。二回目の取引の現場を見たあと電話して、覚醒剤のことをあれこれ訊いた」

「成田が〈薬局〉とかかわってることを知ってたんだな」

「歌舞伎町の風俗店には覚醒剤やドラッグをやる子もいるからね。お店に来たとき、その話をしたら、覚醒剤の入ったパケを見せられて、やるかと言われた」

パケはパケットの略称で、覚醒剤を入れることから隠語として使われている。

「〈歌舞伎町薬局〉のことは」

「お店の子に聞いた。歌舞伎町には幾つも薬局があって、どこの覚醒剤は質がいいとか、安いとか……そんな話が耳に入る」

話しながら、詩音の表情が沈んで行くのがわかった。

「どうした。気になることでもあるのか」

「ひょっとすると、俊也も……」

「ん」眉根が寄った。「俊也がどうした」

「俊也はドラッグの売人……真衣が美和にそう言った」

思わず目をつむった。悪い予感が中るのは詩音だけではない。何度も経験した。だが、迂《う》闊《かつ》なことは言えない。推測をかさねれば判断を誤る。

「そのことは考えるな。俺が調べる」詩音が頷くのを見て話を続ける。「成田との交渉はいまも続いてるのか」

「きのう、連絡がとれた」

「ことわられたか」

「それはない。けど、慎重だった。山岸組との面倒は避けたいのよ。ブツの出処が割れないよう別ルートを経由するから、準備ができるまで待てと言われた」

雅人は顔をしかめた。わが身の安全を優先するやくざにろくなやつはいない。

「もう持主に返せとは言わん。けど、成田とは接触するな」

「……」

詩音が口を結んだ。しかし、反発するふうではなかった。

「約束しろ」

雅人は目と声で迫った。

「取り戻してから考える」詩音が腰をあげる。「もう寝る。疲れた」

雅人は春巻を口にした。

割れた皮が歯茎を刺した。ビールを飲んでも油のにおいが残った。


翌朝、雅人はサンダルを履いて部屋を出た。

階段を降りかけたとき足音が聞こえ、すぐに美和が肩をならべた。

「きのうは、勝手にあがり込んですみませんでした」

「眠れたか」

「はい。詩音さんには悪いことをしましたが」

「ん」

「目が覚めたら、詩音さん、壁に貼りついて寝ていました。おおきな蜘蛛《くも》みたいに」

「毒蜘蛛だな」

美和が頰を弛めた。昨夜は笑顔を見なかった。

路上に立った。

「どこに行く」

「コンビニです。あなたは」

「散歩してくる。詩音には三十分くらいで帰ると伝えてくれ」

「はい」

美和が真顔になる。

「詩音さんのこと、お願いします。どうか護ってください」

「話を聞いてたのか」

「詩音さんの声は子守唄みたいでした」

笑顔に戻し、美和が駆けだした。

民家に囲まれた児童公園は静かだった。

午前九時を過ぎた。幼子らは保育所や幼稚園に行ったのか。母親らは朝食の後片付けや掃除洗濯に励んでいるのか。ベンチに老人がひとり、ぽつねんと座っていた。
雅人は、マンションの影になるベンチに腰をおろし、携帯電話を手にした。
「神田の斉藤です」
《早々のご指名、うれしいぜ》
やけに元気な声が届いた。石川の笑顔は想像しづらい。
《詩音を説得できたのか》
「まだ連絡もとっていません。お願いがあって電話しました」
《聞こう。なんだ》
「新明会の成田をご存知ですか」
《どうして訊く》
「どんな男か、知りたいからです」
《そんなことじゃない。どうして俺に訊くのかと訊いてる》
「答えなければ教えていただけないのですか」
返答しだいでは通話を切る。咽から手がでるほどほしい情報だが、筋目は守る。
すこしの間が空いた。
《どうやら、おまえの警察ルートは健在のようだな》
「自分のルートではありません」

《わかってる》
突き放すようなもの言いだが、腹は立たない。石川の推察は正しいし、自覚もある。
《先に質問させろ》
「おっしゃってください」
《俺がいま、どんな事案をかかえているのかも、わかってるのか》
「はい。歌舞伎町の薬局のひとつを的にかけてる」
うめき声が洩れ聞こえた。石川のしかめ面は想像できる。
《その薬局を束ねているのが成田だ。外様で、無役の幹部だが、新明会の金庫番と言われている。実際、成田は羽振りがいい》
石川はよどみなく喋った。
「ありがとうございます」
《成田がかかわってるのか。詩音と成田はつながっているのか》
「接点はあったようです。が、例の件に、成田が関与したかどうかは知りません」
ぎりぎりの返答である。うそはつけない。
《詩音はブツを売り捌くあてがあったのか》
「そう思います。詩音は冷静に判断できる女です」
《おまえも冷静だ》

「そんなことはありません。あなたに電話するのに悩みました。おかげで寝不足です」
《ほざいてろ。で、訊きたかったのは成田のことだけか》
誘うようなもの言いだ。
ためらいを捨て、雅人はそれに乗った。
「俊也という男の素性を教えてください」
《ほう》
それが本題か。そう言ったように聞こえた。
「何者ですか」
《成田のところの下っ端だ。が、あれ以来、姿が見えん》
「成田が匿っているということはありませんか」
《かぎりなくゼロ……おい》凄みを利かせた。《俺の立ち位置は承知だろうな》
「ギブ・アンド・テイクですね」
《おまえは、俺が美和に接触したのを知ってる……そう受け取っていいんだな》
「結構です。ただし、美和がどこまで話したかは別です」
《質問を続けろ》
石川の頭の中は読める。訊かれたことしか話さないという意思だ。
「警察は俊也を追ってるのですか」

《捜査の本筋で同僚が追ってる。けど、見つけるのは容易じゃない》
「なぜですか」
《身元が判明していない。俊也が本名なのかさえわかってない》
「犯歴がないということですね」
《犯歴だけじゃない。指紋、顔写真……警察データに合致しない。近ごろはそういう輩が増えてる。ろくでなしの一般人だが……ついでに教えてやる。おまえが行った鍋屋横丁のアパートの借主は別人で、俊也とは一面識もないそうだ》
「公開捜査の予定は」
《ない》言下に言った。《いまのところ、事件は存在しない》
石川はよく喋る。雅人は不安になってきた。見返りの情報に苦慮しそうだ。それでも、質問を続けるしかない。一キロの覚醒剤を抱いているのは俊也なのだ。
「成田はどうしてるのですか。うわさを耳にしていないとは思えませんが」
《おかしなことを訊くじゃないか。俺の勘だと、詩音は盗んだ覚醒剤を成田に売ろうとした。が、覚醒剤は俊也に横取りされた。詩音は、そのことを成田に隠したまま、交渉を続けていることになるぜ》
「自分はそう思っています」
精一杯の誠意だ。それに、詩音はそれをきっぱりと認めたわけではない。

《なるほどな》

石川が独り言のようにつぶやいた。

にわかに、あたりが騒がしくなった。

公園の真ん中を女の子が駆けている。男の子があとを追う。どちらも三、四歳か。砂場の近く、三十代と思《おぼ》しき女三人が喋っている。子どもに目もくれず、笑顔で話に花を咲かせている。むこうのベンチの老人が腰をあげた。

雅人は口をひらいた。

「山岸組はどうなんですか。俊也を追っているんでしょう」

《ノーコメントだ》そっけなく言った。《ところで、美和は無事か》

「はあ。また山岸組に狙われたのですか」

《前にもそんなことがあったんか》

「……………」

雅人は口元をゆがめた。が、思い直した。情報の見返りのひとつにはなるだろう。

《詩音は悪運が強そうだ。すがった相手がおまえとはな》

「おかげで肝をひやしています」

《詩音を助けたければ、協力しろ》

「努力します」

《けっ。政治家じゃあるまいし……貸しはつくった。朗報をたのしみにしてるぜ》

通話が切れた。

子どもの金切り声が続いている。

雅人は、逃げるように公園を去った。

キッチンに美和が立っていた。

「お帰りなさい」

声はあかるい。先ほどの石川の問いかけはなんだったのか。たしかに昨夜の美和は笑顔がなかったけれど、いまはすこぶる元気そうに見える。

雅人は部屋に入った。

詩音が煙草をふかしながら、スマートホンをさわっていた。

「おまえの予感が的中した」言って、胡坐をかく。「俊也は成田の部下だ」

詩音の顔から血の気が引くのを見てとれた。

「だが、あの日以来、姿を消した」

「だからと言って、成田と接触していないとはかぎらない」

「おっしゃるとおりだ」

雅人は軽い口調で答えた。事実関係がはっきりしないことで気休めを言うつもりはないし、詩音の不安が増すような言葉は口にしたくない。座卓の紙コップを手にした。コンビニのロゴがある。コーヒーは冷めていた。

「やはり、成田とは接触しないほうがいいんじゃないか」

「用心する」

詩音があっさり返した。昨夜と同様、その話は避けたがっているようだ。

雅人も説得に固執するつもりはない。話題を変えた。

「俊也を見つけるのも容易じゃない」

俊也に関する情報をかいつまんで話した。

「こっちには真衣の情報がある。警察が真衣の身辺を調べている間に、なんとしても見つける。俊也が成田を避けていればという条件はつくけど……美和におカネを無心したんだから、一緒に潜んでいるのは間違いない」

「俊也は、カネの都合ができない真衣を捨てるかもしれん」

「その逆も……そうなれば一気に片がつく」

そういうことか。ひらめいた。

——……旨い餌を投げれば、食いつく——

餌は二人にではなく、真衣に投げる気なのだ。俊也はファッションヘルスの客だった。美和によれば、真衣は俊也に好感を持っていなかったという。大麻で気分が高揚し、覚醒剤を手にした二人は大金を夢見て逃避行を始めた。手持ちのカネがなく、覚醒剤を売れないとなれば、真衣が俊也を見切る可能性は充分にある。

「お待たせ」

声がして、美和が入ってきた。

カップを座卓に置く。クラムチャウダー。コンビニで売っているものだ。パック入りのサラダも来た。最後に、美和が紙製の平皿に載ったパンを運んできた。

詩音がクスッと笑った。

座った美和が怪訝《けげん》な顔で訊く。

「どうしたの」

「この人」詩音が言う。「ホットドッグ屋さん」

「えっ」

奇声を発し、美和が目をぱちくりさせた。

開いたロールパンにウインナーがはさんである。ウインナーの両サイドに薄切りのキュウリ。少量のマスタードに、たっぷりのケチャップがかかっている。

雅人は、手で摑んで頰張った。

「美味い」

詩音と美和が顔を見合わせた。声はない。

雅人はたいらげ、スクランブルエッグをはさんだほうも手にした。

詩音が手を伸ばした。細い指が雅人の口元を拭った。

「やっぱり、あんたはガキね」

美和が笑い、あわてて手のひらを口にあてた。

★　　★

一羽のカラスが路上でなにかをついばんでいる。群れから離れたのか、食いたりないのか、あるいは、朝寝坊したのか。まもなく午前十時半になる。

歌舞伎町には夜明けとともに無数のカラスが飛来し、塵収集車が巡回するころには姿を消す。眠りはじめた街の見慣れた光景である。

石川は物見しながらホテル街を歩いた。気の乗らない訪問だ。

――すぐにこい――

武見から連絡があり、そう言われた。雅人と電話で話した直後だった。熱くなりかけていた気分に冷水を浴びせられた。

ラブホテル『流星』の駐車場を覗く。勝の姿はなかった。むかいの、山岸組事務所のあるマンションのエレベータに乗った。

「ご苦労さまです」

勝に迎えられ、応接室に入った。

武見はソファにふんぞり返っていた。見るからにご機嫌斜めだ。

石川は、挨拶をぬいて正面に腰をおろした。

「朝っぱらからなんの用ですか」

「わからんのか」

武見が目をぎょろつかせた。

「ええ。さっぱり」

言って、煙草を喫いつけた。

お茶を運んできた勝が武見の斜めうしろに立った。近ごろはよく見るツーショットだ。

武見がソファの背から離れた。

「図に乗るなよ」

「なんのことです」

臆することはない。この程度で怖気《おじけ》づくのなら端《はな》から近づかない。

「誰が西田をいたぶれと頼んだ。俺の代行にでもなったつもりか」

「約束を守るためです」

武見が眉根を寄せた。

かまわず続ける。

「詩音を追う手がかりがほしくて『博愛ローン』にでむきました。応接室で平野という店長から事情を聞いているところへ、西田が乾分を連れて乱入してきた。おかげで仕事の邪魔をされました。文句を言いたいのはこっちのほうです」

「なめらかな口だな。が、口は災いの元とも言うぜ」

武見が円筒形のシガーケースから葉巻を取りだし、カッターで端を切りおとす。くわえたところで、勝がライターの火をさしだした。

「妙な魂胆はねえんだな」

「なんですか、それは」

「なけりゃいい」葉巻をふかした。「西田を刺激するな。野郎はぴりぴりしてるんだ」

石川は煙草を消した。立ち去りたい気分だ。

武見が言葉をたした。

「詩音の関係箇所はあたったんか」

「その必要はないでしょう。西田は、所轄署の連中とつながってる。詩音の身内や、借りていたアパートはとっくにあたったはずです」

「で、街金のつぎはホットドッグ屋にでむいた」

「そっちも済んでました。西田がいたぶったそうですね」

「知らんな」

武見がとぼけた。

雅人の部屋には勝も乱入したという。だが、頓着しない。保身が言わせる言葉だ。

「どんな野郎だ」

「いいやつです。骨がありそうに感じました」

武見が口元をゆがめた。

雅人がめざわりですか。訊きかけて、思い留まった。

「詩音は見つけだします。俊也のほうはどうですか」

「うちの若い者が、俊也とかかわりのある野郎を片っ端から締めあげた。が、この数日、接触したやつはいなかった。うそをつき通す根性もねえ、くずどもだ」

「〈歌舞伎町薬局〉の連中も痛めつけたのですか」

「あたりまえだ」

「成田が黙ってないでしょう」

武見がにやりとした。

「なるほど、そういう魂胆ですか」

成田を引っ張りだす。そのために手荒いまねをしたのだ。

「わかったか。この先、おまえの出番はない。詩音のこともいい。正業に励め」

「約束のものはいただけるんでしょうね」

「薬局潰しの情報か。もちろん、くれてやる。ただし、しばらく取引はないだろう。むこうも後始末に追われるからな」

武見が手のひらで太股《ふともも》を打った。

「帰れ。俺は支度がある」

「成田に会うのですか」

「ああ。昼飯の約束をした」

聞いても不安にはならない。俊也の件と薬局のしのぎは別だ。覚醒剤を奪い返すために成田と手を組んだとしても、いずれ武見は〈歌舞伎町薬局〉を警察に売る。


路上に立った。カラスはいなかった。

見送りに出た勝が話しかけた。

「あんまり若頭《カシラ》を刺激しないでください」

「してない。神田の溝《どぶ》ネズミが不愉快なだけさ」

勝が肩をすぼめた。

「ホットドッグ屋を痛めつけたそうだな」

「そんな感覚はありません。あいつは場馴《ばな》れしてる。胆も据わっていると思います。差しでやり合えば……自分も無傷では済まんでしょう」

「ふーん」

石川は踵を返した。

塚田は先日とおなじ喫茶店のおなじ席にいた。顔が紅潮しているように見える。

――八王子で耳寄りな情報を入手しました――

塚田の声ははずんでいた。これから経堂へむかい、真衣が在籍する介護派遣会社『世田谷陽光会』を訪ね、聞き込みを続けるとも言った。真衣の身元はすでに判明している。塚田は八王子に住む真衣の実姉の家を訪ねたのだ。

石川は、ウェートレスにコーヒーを頼んでから、塚田を見据えた。

「くわしく話せ」

塚田が手帳で確認する。

「きのうの午後二時ごろ、真衣から電話がかかってきたそうです。近況報告もなく、いきなりおカネを貸してほしいと頼まれた。真衣が切羽詰った様子だったので、姉は理由を訊いた。どういう暮らしをしているのか、仕事はどうなのかと……」

「姉は、妹がネットカフェで暮らしているのを知らなかったのか」

「はい。連絡があったのは五か月前……姉の誕生日にメールが届いたきりで、電話で話すのは一年半ぶりだったとか」

「カネを貸したのか」

「いいえ。姉が根掘り葉掘り訊いたら、妹は怒ったように、もういいと電話を切ったそうです。姉は後悔しているふうでした」

「それなら妹にかけ直すだろう」

「自分もそう思い、訊きました。姉は、三十万円と言われたのでためらったと……ご主人に相談しようとも思ったそうですが、そのご主人と真衣は折り合いが悪く、それが理由で連絡が途絶えがちだったとも言いました」

石川は腕の時計を見た。連絡を待っている。塚田の一報を聞いたあと、新宿署のマル暴担当の同僚に真衣の通話記録の入手を依頼した。二度目だ。美和から真衣の素性を聞きだしたあと、彼女の通話記録を入手した。

「高飛びのカネでしょうか」

「当座の資金だな。覚醒剤を捌けてないのはあきらか……見知らぬ土地に行けば売るのはなおさら困難になる。俊也は東京でカネにするつもりだろう」

塚田が思案げな顔を見せたあと、口をひらいた。

「どうして、自分をここに呼んだのですか。経堂に行けば……」

「やってもらいたいことがある」強い声でさえぎった。「ここを出たら、ネットカフェに行き、河合美和に訊問《じんもん》をかけろ」

「あそこに戻ったのですか」

「ここにくる前にフロントで確認した。従業員は、ついさっき顔を見たと証言した」

「しかし、名目はなんです」

「きのうの事件から始めろ」

「あれは……自分も署で報告しましたが、刑事課の事案です」

「かまうもんか。ばれたところで言訳は利く。こっちは専従班の内偵捜査なんだ」

塚田が口をあんぐりとした。専従班の捜査事案とも異なるからだ。

「ただし、覚醒剤に関する話はするな」

「では、なにを訊くのですか」

「きのうの事件に絡め、できるだけ長く話せ。現場から逃げ去った理由とか、美和と被害者の共通の友人はいるかとか……自分で考えろ」

苛々《いらいら》してきた。コーヒーを飲み、煙草に火をつける。

美和が殺人未遂事件の犯行現場から逃げ去った理由はわからない。しかし、警察との接触は避けたかったはずだ。それなのに、翌朝にはネットカフェに戻った。警察の訊問を受けるのは覚悟の上と思える。

ほかにも気になることがある。塚田の報告を聞いている間に疑念は深まった。

真衣は、美和にもカネの無心をしたのではないか。その推測は、真衣が無沙汰続きの姉に電話したことで確信に近づいた。

真衣の最新の通話記録を見れば相手先は判明するけれど、会話の内容はわからない。メールは文面が記録に残るが、電話は相手の番号と所有者および通話時間だけである。

真衣が美和にカネの無心をしたとすれば、二人が接触する可能性もある。自分が会えば美和は警戒する。塚田ならその心配はすくなくて済む。

そう判断し、塚田を新宿に呼び戻したのだった。

「できるだけ時間を稼ぎますが、そのあとはどうしましょう」

「フロントの脇の部屋にこもり、防犯カメラを見てろ」

「そうするにも名目が要ります」

「フロント主任の中島という男に話を通した」

「手回しのよろしいことで」

塚田があきれたように言った。

「愚痴は言うな。俺も五百八十円、損をしたんだ」

「はあ」

「立ち食い蕎麦の食券を買ったとたんにおまえからの電話だ。店は順番待ち。あれこれ段取りがあるから、食券は諦めた」

「自分も昼食はとっていません」

「防犯カメラを見ながら弁当でも食え」

「はいはい。そうさせていただきます」

塚田もだいぶ自分に慣れてきた。そう思うが、気にしない。些細なことだ。

「俺は、ほかにやることがある。美和に動きがあれば連絡しろ」

石川は伝票を手に立ちあがった。

気持が急《せ》いている。事態は急激に変化しそうな予感がある。

――この先、おまえの出番はない。詩音のこともいい。正業に励め――

武見はあっさりと前言を撤回した。自分と詩音の接触を嫌っての発言と思える。そこから考えられることはひとつしかない。武見は、覚醒剤を取り戻しても、詩音を抹殺する。やくざのけじめではなく、警察の介入を想定してのことだろう。武見が覚醒剤事案の全容を知る証人を生かしておくとは思えない。

武見とのギブ・アンド・テイクの関係が崩れそうな予感もある。

そとに出るなり、携帯電話を発信した。

《はい、北原》

専従班の北原警部補も新宿署組織犯罪対策課の所属で、石川の上司だ。

「石川です。成田には誰が張りついているのですか」
《いきなりなんだ。そんなことも知らんのか》
「時間がありません。教えてください」
《本庁の堀《ほり》と、うちの長尾《ながお》だ。それがどうした》
「成田はもうすぐ人と会います。相手は同業の幹部です」
《だから》
「成田の行く先がわかり次第、連絡をくれませんか」
《勝手なことを……内輪もめになる》
「相手は俺の標的です。別件ですが、金星のチャンスになるかもしれません」
低いうなり声が届いた。北原は年がら年中、手柄に飢えている。ましていま、警察は暴力団対策に躍起になっている。
《いいだろう。ただし、現場に行くなら一歩引け。本庁の堀とはもめるな》
「おっしゃるとおりに……連絡を待ってます」
文句は言わない。現場に行く予定はないからだ。事実確認がほしかった。

★　★

《なんの用》
つっかかるようなもの言いだった。
それでも美和はほっとした。電話にでてくれるのを願っていた。
「会おう、真衣さん。場所はどこでもいい。おカネが必要なら持って行く」
《おカネはもういい》
「どういうこと」
《今夜、あれが売れる。俊也が言った》
「そばにいるの」
《一緒なら電話にでなかった。ひとりで歩いてる》
「誰に売るの。どうせあぶない人たち……殺されるかもしれない」
《わたしも心配よ。こっちの足元を見られて交渉がまとまらなかったのに、さっき急に……それも、これまでとは別の人らしくて……はしゃぐ俊也を見て不安になった》
真衣が途切れがちに言った。
迷っている。美和はそう感じた。だから、思案の散歩なのか。
「聞いて」声を強めた。「俊也も覚醒剤も関係ない。わたしは真衣さんが心配……真衣さんを護りたいの。危険な目に遭わせたくない」
《どうしてそこまで言うの。たかが、ネットカフェで知り合った仲じゃない》

「わたしには責任がある。覚醒剤を預かってもらったのは、わたしが詩音さんに真衣さんの名前を言ったからよ。俊也を呼んでもらったのもわたしのわがままだった」

美和は詫《わ》びの気持をこめた。

《どうしたのよ》

「なにが」

《これまで面倒を避けてきたミーちゃんが……なんだか別の人みたい》

「そうかな」

美和はとぼけた。そう、別人になる。そんなことを言うつもりはない。

——しばらくここでお世話になりな——

そう言う詩音を振り切ってネットカフェに帰った。前夜、詩音がベッドに横たわってからも眠ったふりをして熟慮に熟慮をかさねた。めざめたときは胸がすっきりしていた。自分が動く。詩音とアメリカに渡る。その思いは時を刻むごとに増している。

《そこまで言うなら会ってもいいけど、罠じゃないでしょうね》

「そんなことはしない。この話は詩音さんに言わない。そもそも、詩音さんは身動きがとれないの。やくざに命を狙われ、警察にも追われてる」

《わかった。でも、いまは動けない。俊也が連絡を待ってる。相手が取引の時間と場所を指定してくるみたい。それがおわったら連絡する》

「真衣さんは取引にかかわらないで。それは約束して」

《約束しなくても行かない》

「よかった。何時ごろ電話をくれる」

《遅くても夕方まで……》

真衣の声に硬い音がかさなった。ドアをノックしている。

「誰か来た」声をひそめた。「じゃあ、あとで」

通話を切って、ドアにむかった。

「どなたですか」

「新宿署の塚田と申します。きのう、路上で顔を合わせた者です」

丁寧なもの言いだった。

真衣との会話を聞かれなかったか。胸に不安がよぎった。

ネットカフェの裏の喫茶店にきょうも先客はひとりだった。

美和はレモンティー、塚田はアイスコーヒーを注文した。

「ひどい目に遭われましたね」

塚田が言った。

美和はとまどった。事件のことなのか、良子に罵詈雑言《ばりぞうごん》を浴びせられたことか。

「事情は聞きました。被害者は、あなたに申し訳ないことをしたと……ネットカフェで話をする唯一の人だったとも言っていました」

「そう言われましても……」言葉に窮した。「どんなご用ですか」

「高木良子さん……偽名ですが……被害者の供述のウラを取るために参りました。あなたは事件の背景をご存知なんでしょう。被害者はあなたに相談したとも言いました」

「夫のＤＶがこわくて家出したと聞きました。くわしいことは……」

首をふり、ネットカフェの玄関前で夫に声をかけられて以降のことを話した。

塚田は手帳を見ながら頷いていた。

話しおえ、美和は煙草を喫いつけた。内心は苛立っている。こんな話はしたくもない。

だが、塚田にまつわりつかれるのはこまる。

塚田が口をひらいた。

「ネットカフェで被害者が誰かと話をしていたとか、被害者からネットカフェにいる人の名前を聞いたとか、ありませんか」

「ないです。わたしも喫煙室で偶然に知り合い、話をする程度でした」

「あなたが、ネットカフェの顔見知りに被害者の話をされたことは」

「ありません」

「親しくしている方がいるそうですね」

美和は眉をひそめた。質問の意図が読めない。真衣のことを聞きたいのか。石川という刑事の言葉が鼓膜によみがえった。

――自分は、ある事案で、俊也の身辺を捜査しています……――

塚田は石川とおなじ事案を担当しているのだろうか。はっとした。たしか塚田は、駆けつけた制服警察官にむかって、ソタイの塚田と声を発した。

――自分は、新宿署の組織犯罪対策課に在籍しています――

石川の言葉は記憶にある。カラオケボックスのあと、喫茶店でそう告げられた。

疑念が湧きあがる。塚田につけ入られないよう慎重に言葉を選んだ。

「誰から聞いたのですか」

「あのあと、ネットカフェの関係者から事情を聞きました。自分は刑事課ではないので担当違いですが、なりゆきで現場周辺の聞き込みを行ないました」

塚田も言葉を選んでいるふうに感じた。

「ソタイとか言われましたね」

「はい。正式には組織犯罪対策課……略してソタイです」

「そのお仕事であの近くにいたのですか」

「まあ、そんなところです」

塚田が視線をおとし、グラスのストローをくわえた。

美和には、意識して間を空けたように見えた。

塚田が顔をあげた。

「質問の続きですが、親しい方にきのうの事件を話しましたか」

「親しい方とは誰のことですか」

「井上真衣さんと聞きました」

「彼女ともネットカフェの中だけのつき合いです。この数日は顔を見ていません」

「ほかに親しい方は」

「いません。でも、どうしてそんなことを訊くのですか」

「自分が事情を聞いた方々の中に、あなたをご存知の方はいませんでした」

「そうでしょうね。マンションやアパートだっておなじでしょう。ましてやネットカフェは日毎に、時間毎に、いろんな人が部屋に出入りしています」

「あなたは常泊されているそうですね」

「そんなことまで調べたのですか」

「それが仕事です」塚田がすこし間を空けた。「どうして逃げたのですか」

「パニックになったからです。男が刃物を持ってるのを見た瞬間に気が動転したのに、良子さんからあんなふうに言われれば……そうなるでしょう」

「わかります。が、自分は大声で制止しました」

「憶えていません」

「ソタイは憶えていた」

「あのときはまだ……なんなのですか。わたしのことは事件に関係ないでしょう」

「すみません」塚田が笑いをつくった。「つい深入りする癖があるんです」

「もうよろしいでしょうか。気分が悪くなってきました」

「もうひとつ……あれからどこへ行ったのですか。事情を伺うために、被害者から聞いた携帯電話の番号にかけたのですが、でてもらえませんでした」

「着信音はいつもオフにしています。それに、知らない番号の電話にはでません」

「そうですか」塚田が手帳に数字を書き、その頁をちぎった。「自分の携帯電話の番号です。つぎはでてください」

「続きがあるのですか」

「ないと思いますが、一応、念のためです」

美和は感情を堪えた。塚田の表情や態度に石川のような凄みは感じないけれど、粘りつくようなもの言いは不快感を覚える。

★　★

顔なじみの中国女が七本のホットドッグを取りに来た。店での従業員ミーティングがおわったところだという。開店直後にはしばしばある注文だ。

雅人は丸椅子に座り、煙草をくわえた。

着信音が鳴る。秋葉原で購入した携帯電話のほうだ。

「どうした」

小声で訊いた。ずっと他人の耳を気にしている。

《仕事中に悪い。出られないかな》

遠慮ぎみに聞こえた。それでも電話をよこした。仕事中にかけてきたのは初めてだ。

「これからか」

《そう。気になるところがあって……できれば一緒に行ってほしい》

「いまどこにいる」

《四谷よ》

雅人のアパートを出てから四谷のビジネスホテルに泊まっているとは聞いていた。

「五分後に店を出る。二十分もあればそっちに着く」

「新宿通りの四谷三丁目、新宿方面へむかう交差点を過ぎたところで待ってる」

「わかった」

通話を切った。立て続けに煙草をふかし、火の元を確認する。シャッターはあげたままにし、接客窓に鍵をかける。煙草を消し、ヘルメットを持った。詩音が被るほうだ。自分用はバイクに装着してある。詩音にかかわって以来、店にはバイクで通っている。

ドアに施錠し、通路を裏口にむかう。

「でかけるのか」

背に声が届いた。ふりむかなくても坊垣とわかる。

雅人は、路地に出てから立ち止まった。足音が近づく。顔をしかめてふりむいた。

「病院に行きます」

「どうした。体調が悪いのか」

坊垣が間近に立った。

「腹の具合が……」左手で脇腹を押さえる。「胃かもしれません」

「そりゃいかんな」坊垣がさも心配そうに言う。「バイクに乗れるのか」

「我慢します。飯田橋に夜間診察してくれる病院がありますから」

「店はどうする。戻ってくるのか」

「結果次第です」苛々してきた。「ひどくなりそうなので行きます」

「心配だから、結果を報せてくれ」

坊垣が言いおわる前に、雅人は歩きだした。なんの心配なのか知れたものではない。

バイクは赤堤の交差点に近づいた。左折すれば小田急線経堂駅に着く。

「つぎを右折……そのあと、徐行して」

詩音の言うとおりにする。

「つぎの路地を左に……すこし先に更地がある」

百平米ほどの更地には草が生えていた。端に不動産会社の看板がある。

詩音を降ろし、雅人はその脇でバイクのスタンドを立て、ヘルメットを脱いだ。

住宅街だ。三棟のマンションが見えるけれど、すこし距離がある。

詩音がそばに立つ。ジーンズにシャツ、カーディガンを着ている。

「つぎの路地を左に曲がって二軒目の家よ」

「誰が住んでる」

詩音から何も聞いていない。四谷三丁目で詩音を乗せ、経堂方面へむかった。

「八十歳のお婆さんがひとりで住んでる。真衣のお客さんよ」

「なにが気になる」

「きょうの夕方に訪ねた。玄関で話をしているとき、二階で物音が聞こえたから、誰かいるのと訊ねたら、孫夫婦が来てると……お婆さんにうろたえる様子はなかった。でも、なんかひっかかって、ホテルに戻って真衣のノートを調べたの。そのお婆さんにはひとり息子がいて、埼玉で暮らしてる。ノートには、子どものいない夫婦のくせに正月しか実家に寄りつかないのはひどい……真衣はそう書いてた」

「くさいな」

「でしょう。だから、もう一度、訪ねてみようと思って」

「とりあえず様子を見よう。真衣と俊也がいて、面倒になれば厄介だ。警察が駆けつけてくれば、俺らも逃げるはめになる」

「こんなところで見張るのもやばいよ」

詩音が不満そうに言った。

一理ある。住民に通報されれば収穫なしで退散するはめになる。

雅人は時刻を確認した。午後七時四十分になるところだ。

「二階が見える場所で九時まで見張る。動きがなければ、おまえが行け。俺は、万が一に備えて、家の前でバイクに乗ってる」

詩音が頷いた。

歩いて家の前を素通りし、路地角で足を止めた。高いコンクリート塀に寄り添う。

老女の家の二階には灯がともっていた。

「ねえ」詩音が声をひそめた。「どうしてわたしのことを訊かないの」

「なにを訊く」

「こんなことをしてる理由さ」

「知りたくもない。知ったところで意味がない」

「どういうことよ」

「運悪く、おまえとかかわった。それがすべてだ」

詩音が肩をすぼめた。あきれたような仕種だが、目はやさしくなった。

「あっ」

思わず声が洩れた。二階の部屋が暗くなったからだ。

「晩ご飯かな」詩音がつぶやく。「出てこいよ」

雅人は視線を移した。斜めの位置だから、門は見えても玄関は見えない。

かすかに砂利を踏む足音がした。

詩音が足を忍ばせ、門に近づく。十メートルほどの距離がある。

男が出てきた。黒っぽいチノパンツにカーキ色のブルゾン。グレーのキャップの下から髪が垂れている。背をまるめ、左のほうに歩きだした。

「俊也か」

雅人は、詩音の耳元で訊いた。

詩音が首をふる。面識がなく、美和から風貌を教えられただけなのでむりもない。

「俺が声をかける」

雅人は足を速めた。

男がふりむく。とたんに駆けだし、路地を左折した。直進すれば赤堤通りに出る。

雅人も走った。詩音の足音が続く。

男との距離が縮む。十メートルは切ったか。

「待て」

雅人は声をあげた。

男が赤堤通りを左折する。その先に交差点がある。

雅人も左に曲がる。人にぶつかりそうになった。若い女二人がはねるように避けた。

「待て、俊也」

男がちらとふりむいた。

「ここだ。乗れ」

男の声が響いた。交差点の手前に、ハザードランプをつけた車が停まっている。その車のリアドアが開いた。そのままゆっくり前進し、横断歩道のあたりで停まった。

前を走る男が飛び込むように乗る。タイヤが軋《きし》む。車体をゆらし急発進した。

「くそ」

雅人は走り去る車を見つめた。

詩音が追いつく。息があがっていた。

「間違いない。俊也よ」

「ああ」
雅人は携帯電話を手にした。
「誰にかけるの」
「話しかけるな」
一回の着信音で相手がでた。
《石川だ。詩音を説得したのか》
「車のナンバーを言います」
《待て……言え》
「8×3△……世田谷ナンバーで、ひらがなは読めませんでした」
《誰が乗ってる》
「男としか……」
《いいだろう。車種は》
「黒っぽいセダンです。赤堤通りを新宿方面へむかいました」
《おまえはどこにいる》
「世田谷です」
《店は臨時休業か》
「はい」

《わかった。その車、Nシステムで追跡してやる》

「そこまでは……車の所有者がわかり次第、連絡をいただけませんか」

《勝手なことを……まあ、いい。切るぜ》

携帯電話を耳から離すなり、がなり声がした。

「勝手なまねをするな」詩音が眦をつりあげた。「警察を頼るなんて、信じられない」

「ほかに手段があるか。あの車は俊也を待ってた。どういうことか、わかるだろう」

詩音が口元をゆがめる。歯軋りが聞こえそうだ。

「バイクに戻るぞ」

雅人は歩きだした。

詩音が肩をならべる。

「さっきの家に行く。真衣がいるかもしれない」

「かまわんが面倒はおこすな。そっちは石川を頼れん」

「でも、ぐずぐずしてたら覚醒剤が……」

「うろたえるな」足を止め、詩音を見据えた。「やつは手ぶらだった。一キロのブツはポケットに入らん。覚醒剤をベルトにはさんで走るばかはいない」

詩音は無言で見つめている。

「俺の勘だが、ブツは真衣が……リスクを避け、わが身を護るために役割を分担するのは常識だ。だとすりゃ、真衣もでかけた。だから、お婆さんとは冷静に話せ。こっちが顔をさらす以上、あの家で騒動になれば地元の警察に追われる。俺もおまえも警察のデータに載っていることを忘れるな。わかったか」

詩音がこくりと頷いた。

★

★

美和は、エレベータで一階に降り、玄関にむかった。

「行ってらっしゃい」

フロントから声がした。主任の中島だ。

無視しかけたが、視線をやる。こんばんは。声にならなかった。中島が右手の人差し指を隣室のほうにむけ、くちびるを動かした。刑事。そう言ったように見える。

美和は頷いた。

そとに出るや、一目散に駆けだした。新宿三丁目の交差点から地下街におりる。人混みをかき分けて新宿アルタ方面へ走った。

紀伊國屋書店新宿本店の地下入口に近づいたところで左に曲がり、階段をのぼる。地上に出ても、追走者の有無を確認する余裕はなかった。

なおも走る。幾つかの路地を折れたあと、雑居ビルの階段を降りた。

ショットバー『Z』の扉を開けた。

五十平米ほどある。手前は二十数名が座れる長いカウンター。フロアの半分はボトル棚で仕切られ、その奥には二人掛けと四人掛けのテーブル席が配されている。

カウンター席の七割近くに客がいた。テーブル席は三割程度の入りだった。

美和は、奥の二人掛けのテーブル席を選んだ。

生ビールとミックスナッツを注文してから煙草を指にはさんだ。何度か深呼吸をしたあと煙草をくわえ、火をつけた。ライターの炎がおおきくゆれた。

ネットカフェの事務室にいたのは誰なんだろう。先日、石川という刑事は事務室で防犯カメラの映像を見たと言った。またなにかを調べに来たのか。塚田かもしれない。あるいは一緒か。二人とも新宿署の組織犯罪対策課に在籍している。

わたしを追ったのだろうか。防犯カメラの前から離れなかったのか。

推測はひろがらず、ひとつうかんでは消えた。

蝶ネクタイの女性従業員が生ビールとナッツを運んできた。

ひと口飲んで、息をつく。まだ息が乱れている。十分は走ったか。携帯電話を見る。午後八時を過ぎたところだ。部屋を早めに出てよかった。そう思った。

約束の時刻から十分遅れて、真衣があらわれた。帽子を被る真衣は初めて見る。顔を隠すように近づいてくる。無言で美和の前に座り、トートバッグを椅子の背に掛けた。携帯電話をテーブルの端に置く。

「ひとりでしょうね」

真衣が小声で訊いた。表情も声も硬く感じる。

「もちろん。詩音さんには連絡してない」

真衣はハイボールとローストビーフサンドイッチを頼んだ。

「晩ご飯、食べてないの」

「あわただしくて」

「取引は成立したの」

「わからない」真衣がちらと携帯電話を見た。「わたしが先にでかけたから」

「相手から連絡はあったの」

「うん。いまごろ会ってる」

「誰と」

「組織の上の人……」間が空いた。「むこうから連絡があった」

「俊也はドラッグの売人なのに、その人に相談しなかったの」

「値切られるのは目に見えてるからいやだと言ってた」

口をひらく前に、ハイボールが来た。

真衣がグラスを傾けた。

美和は、ふかした煙草を灰皿に消した。

「条件が良かったんだ」

「一千万円で引き取ると言われたみたい。俊也は上機嫌になったけど、わたしは不安になった。どうやって俊也が覚醒剤を持っているのを知ったのか。ほかの組織が俊也を追ってるから、カネを持って高飛びするよう言われたそうよ」

「真衣さんは疑ってる」

「やくざだからね。信用しろと言われても……」

真衣が声を切った。従業員がサンドイッチを運んできたからだ。真衣が食べる。だが、いつもの食いっぷりのよさはない。

「覚醒剤は俊也が持ってるの」

「うん」

頷き、真衣が携帯電話を見る。八時半を過ぎた。

美和は顔を近づけた。

「別れなよ」

真衣が手の動きを止めた。表情は変わらない。想定内の言葉だったか。

「真衣さんの不安があたってたら、真衣さんもあぶない。俊也が罠に嵌《は》められたとしたら真衣さんも狙われる。拷問されたら、俊也はべらべら喋りそう。むこうはやくざだもん、なんでもやるに決まってる」

わが身で経験した。シティーホテルとラブホテル。二度もあぶない目に遭った。俊也と真衣はあんなものでは済まないだろう。

美和はバッグの封筒を手にした。銀行名がある。

「とりあえず、三十万円を持ってきた」

封筒をテーブルに置くと、真衣は二つ折りにしてパーカーのポケットに収めた。

「どこかに行くなり、ホテルに身を隠すなり……しばらく様子を見たらどう。わたし、できるだけのことはしてあげる」

「そうね」

真衣の声にため息がまじった。

美和は姿勢を戻し、煙草をくわえた。

同時に、テーブルの携帯電話が動いた。マナーモードになっているのだ。

真衣がじっと見つめる。

「でないの」

「……………」

真衣の顔が強張《こわば》った。くちびるがこまかくふるえだした。

「どうしたの」

「合図が……俊也の番号だけど、ワン切りしてかけ直す約束だった」

「……」

かける言葉が見つからない。背筋が寒くなった。

「トイレ……」真衣がふわっと腰をうかした。「気分が悪くなった」

「一緒に行こうか」

「大丈夫」

真衣が席を離れた。

携帯電話はまだふるえている。青白い光が不安をあおり立てた。

★　★

介護の必要があるのかと思うほど、老女は血色が良かった。おびえる気配がないのは詩音が丁寧な言葉で話しているからだろう。真衣の友人を騙《かた》っている。

――ええ。今週の月曜から……俊也さんね……態度も言葉遣いも乱暴だから好きにはなれないけど、真衣さんに頭をさげられたら……ほんとうにやさしい子よ――

老女はそんな話をした。

詩音が訊く。

「真衣さんは何時にここを出たのですか」

「六時半ごろだったと……晩ご飯の支度をしているとき台所に来て、急用ができたって……お世話になりましたと言われ、びっくりしたわ」

「どんな格好をしていましたか」

「つばのひろい帽子を被ってリュックを背負い、バッグをさげていました」

「彼女がでかけるとき、俊也さんはどこに」

「二階にいたと思います。わたし、さみしくなって、お料理をつくるのをやめたの。ソファでぼんやりしていました」

「俊也さんが外出するときは」

「声はかけられませんでした。でも、足音と玄関の戸が閉まる音で……そのあと二階にあがって、いないのを確認しました」

「二階の様子は……荷物は残っていますか」

「いいえ。きれいに片づいていました」

「二階を見せていただけませんか」

「いいわよ」

老女が笑顔で答えた。

家を出て、雅人はバイクを停めてあるほうへ歩いた。

「あんたの勘があたったみたいね」

詩音が言った。声が張りを失くしている。

「諦めがついたか」

「ばかを言わないで」詩音がむきになる。「まだおわってない」

「手がかりは消えた。取引が成立すれば、もう手をだせん」

更地に戻った。

ヘルメットを手に、詩音が空を見あげ、ため息をついた。

そのとき、ポケットの携帯電話がふるえた。雅人は耳にあてた。

「はい」

《石川だ。車の所有者が判明した。名前は伏せる。が、新明会の準構成員……それで充分だろう。所有者は二十二歳の下っ端だ》

「わかりました。助かります」

《それだけでいいのか》

「ほかにも教えていただけるのですか」

《車には四人が乗っていた。運転してたのは所有者で、助手席も下っ端だった。Nシステ

ムを警戒したのか、俊也とうしろに乗っていた者の顔は確認できなかった》

「追跡したのですか」

《ああ。けど、八時三十七分以降、Nシステムは捉えていない。歌舞伎町に入ったと思われる。防犯カメラの映像を見ることもできるが、回収と解析に時間がかかるぞ》

「もう結構です。ありがとうございました」

《礼はいらん。詩音をよこせ》

通話が切れた。

詩音が訊いた。

「俊也はどこ」

「歌舞伎町に入った」時刻を確認する。「十分くらい前だ。どうする」

「もちろん、行くさ」

詩音がヘルメットを被り、顎紐《あごひも》をぎゅっと締めた。

雅人はバイクに跨った。

「待って」

詩音が声を発し、ポケットの携帯電話を手にした。

「美和よ」

言って、ハンズフリーにする。

「どうした、美和」

《いま、真衣さんと一緒》

　くぐもった声がした。雑音がまじっている。

「そばにいるのか」

《トイレに行った。ひどくこわがってる》

「どこにいる」

《ユニクロの裏の『Z』よ。詩音さんが連れて行ってくれた》

「わかった。三十分で行く。なにがあっても真衣から離れるな。わたしに電話したことを真衣に話すな。いいね」

　詩音が通話を切った。

「あのばか、勝手に動いて」

「おまえの狙いどおりじゃないのか」

「どういう意味よ」

　詩音が食ってかかる。

「美和はアパートでの俺らの話を聞いてた。それをわかっていながら……」

「うるさい」怒鳴り、詩音が後部座席に跨る。「急げ」

　雅人は、勢いよくスタンドを蹴った。

★　★

石川は、新宿区役所通りを右折し、ラブホテル街に入った。

苛立っている。塚田がしくじったせいだ。

新宿署でNシステムの情報を集めている最中に携帯電話が鳴った。午後八時ごろ、雅人から車の所有者の特定を依頼された直後のことだった。

《すみません。美和に逃げられました》

なさけない声だった。

「済んだことはいい」怒りを堪えた。「引き続き、ネットカフェで張り込め」

《戻ってこないかもしれません》

「戻ってくるかもしれん。可能性があるかぎり、放棄するな。予断は持つな」

《どうしてそこまで美和に執着するのですか》

「俊也が動いた」

《えっ》声が裏返った。《見つけたのですか》

「発見者は俺じゃない。が、俊也は誰かの車に乗り、新宿方面へむかった。いま、車の所有者を割り出してる。同時に、Nシステムで走行位置を確認中だ」
《それなら、そちらのほうが優先……》
「話は最後まで聞け」声を荒らげた。「俊也がひとりだったのは確認された。一緒に行動していたと思われる真衣の行方が気になる」
《美和に接触する可能性があると》
「してるかもな」
《ええっ》
悲鳴のような声が届いた。
「その可能性が高い。おまえの報告を聞いて、確信に近づいた」
《……》
塚田の動揺した顔が目にうかぶ。
「おまえに気づいて逃げる理由は二つしかない。詩音と待ち合わせたか。真衣と会う約束をしたか。俺は真衣だと思う」
その推測も確信に近い。雅人は店を休業してまで世田谷に行った。詩音に同行したと思っている。Nシステムセンターには雅人のバイクの追跡も依頼した。
「聞いてるのか」
《はい》蚊の鳴くような声で言う。《ネットカフェに戻ります》

「美和があらわれたらすぐに連絡しろ。絶対に目を離すな」

通話を切り、固定電話の受話器を握った。Nシステムセンターからの報告だった。

ラブホテル『流星』の駐車場を覗いた。

四台で満車になる。二台が停まっていた。ナンバーを確認する。どれも違った。視線をあげて防犯カメラ、続いて奥の扉を見つめた。勝はあらわれない。

一服して気持をおちつかせ、むかいのマンションに入った。


武見はグレーのワイシャツの胸をはだけ、葉巻をふかしていた。ソファにもたれるのは見慣れた様だが、背後に控える若者は勝ではなかった。

石川は、武見の正面に腰をおろした。

「交渉は成立したみたいですね」

「交渉などせん。親睦のための食事会だ。和気藹々《わきあいあい》で有意義な時間だった」声に余裕をにじませた。「金魚の糞《ふん》がいなけりゃ、もっと気分がよかったが」

警察の監視は承知の上だったのだろう。神戸の暴力団の分裂騒動のあおりを受け、東京の暴力団とその幹部は警察のきびしい監視下に置かれている。加えて、武見は、敵対組織の新明会が〈歌舞伎町薬局壊滅専従班〉の標的ということを知っている。

差しだされたお茶には目もくれず、石川は武見を見据えた。

「覚醒剤は手元に戻りましたか」

「……」

武見が眉間に皺を刻んだ。

「俊也が新明会に接触した。ご存知でしょう」

「知らんな」

「まだ朗報は届いていませんか。俊也は新明会の成田の身内の車に乗った。一時間ほど前のことですよ。小銭を摑ませるか、血反吐《ちへど》を吐かせるか……どっちにしても、ガキ一匹にさほどの手間がかかるとは思えません」

「まるでその目で見たような口ぶりだな」

「車のほうは、見たのも同然です」

「ほう」武見が左肘を太股にあてた。「誰の目だ」

「見返りはいただけるんでしょうね」

「すべて片がついてからの話だ」

「先に、俊也の身柄をくれませんか。覚醒剤には目をつむります」

「舐めた口を利くじゃねえか」武見が目で威圧する。「てめえがこの世から消えようとも、俺は痛くも痒《かゆ》くもねえんだ」

「消しますか」

さらりと言い、石川は煙草を喫いつけた。

「煮ても焼いても食えん野郎だぜ」

武見が姿勢を戻して葉巻をふかしたあと、言葉を継いだ。

「詩音とホットドッグ屋を連れてこい。で、俊也をくれてやる」

石川は目で笑った。

「なにがおかしい」

「誰の目かご存知のようで。成田から報告がありましたか。それとも、俊也が乗った車に勝がいたのですか」

「勝は本家の当番に行かせた」

山岸組は東輝会直系の二次団体だ。東輝会の本部は渋谷に在る。だが、信じない。武見は勝を買っている。大事な局面でそばから離すわけがない。

「では、成田から、ほかにどんな報告があったのですか」

「言えんな。連絡はあったが、あくまでむこうの好意だ。俺らの世界では筋目とも言う」

武見がニッと笑った。「身内の不始末のけじめをつける。俺は、よそ様のやることに注文はつけん。それも筋目よ」

武見の講釈など聞きたくもない。それも、見せかけの余裕だ。ここまでのやりとりで、武見の胸中は見切った。思うにまかせぬ展開に業《ごう》を煮やしているはずだ。

――詩音とホットドッグ屋を連れてこい。で、俊也をくれてやる――

あの言葉が現況を物語っている。

一キロの覚醒剤を持っているのは真衣だ。断言できる。武見が雅人と詩音の身柄をほしがるのは、俊也が覚醒剤を所持していないからである。

武見は真衣の存在を知らない。美和の交友関係から真衣にたどり着いたとしても、真衣と俊也が一緒に行動していたことは把握していないだろう。

――うちの若い者が、俊也とかかわりのある野郎を片っ端から締めあげた。が、この数日、接触したやつはいなかった。うそをつき通す根性もねえ、くずどもだ――

けさ、武見はそう言った。真衣のマの字も口にしなかった。うそをつき通す根性のない連中も真衣の名前を言わなかった。もし誰かが喋っていれば、武見は真衣という女の身元確認を自分に命じたはずである。

石川は、雅人と詩音も覚醒剤を手にしていないと確信している。雅人のバイクに同乗者がいることはNシステムの映像で確認した。雅人はともかく、街金の事務所で覚醒剤を盗んだ詩音は、それを奪い返せた時点で姿を隠す。バイクが俊也を乗せた車を追って新宿方面へむかっているのは、二人が覚醒剤を持っていないことの証左だ。

返す返すも塚田の失態は悔やまれるが、しかし、武見よりは先行している。

その思いが強気にさせた。

「俊也は専従班の標的だということを忘れないでください。俊也が死体で発見されたら、あなたも無傷では済みませんよ」

「なんだと」こめかみの青筋がふくらんだ。「てめえ、俺を裏切るつもりか」

「とんでもない。自分も人の子です。世話になった恩義に泥をかけるまねはしない。が、自分の手に負えないこともある。本庁の号令の下、主な所轄署のマル暴部署は捜査員を増やし、摘発に励んでいる。それくらいは承知でしょう」

「講釈をたれるな」

忌々しそうに言い、武見が首をまわした。

潮時のようだ。石川も長居をするつもりはない。

★　　★

美和は途方に暮れたような顔をして壁にもたれていた。

詩音が歩み寄り、美和の前に腰かけた。

雅人は、空席の椅子を引き寄せ、二人の間に座った。

ショットバー『Z』に着いたところだ。赤堤から三十分とかからなかった。走行中、美和から詩音の携帯電話にショートメールが届いた。

——真衣さんが戻ってこない。どうしよう——

信号を待つ間に、詩音が返信した。

——そこを動くな。もうすぐ着く——

それから十数分が過ぎている。

「これは真衣のか」

詩音が椅子に掛かるトートバッグを膝にのせた。美和が頷くのも見ないでバッグの中を覗き、幾つかをテーブルに移した。

「水割りを二つ」

雅人は、注文を取りに来た従業員に言った。

「ろくなものは入ってない」

詩音が言った。

テーブルには水色のポーチと都内の地図、ＪＲの時刻表がある。

「ほかには」

「ティッシュとガム……真衣のやつ、端から置き去る気だったんだ」

雅人は頷いた。

赤堤の老女によれば、真衣はリュックを背負っていたという。

「美和」詩音が顔をあげた。「持ってたのはバッグだけか」

「そう。でも、ケータイを置いて出て行くなんて……」

詩音がテーブルの携帯電話を手にした。

「ケータイはこれ一本か」

「スマホも持ってた」

詩音が顔をしかめ、煙草をくわえる。ふかしたあと、口をひらいた。

「どんな話をした」

「俊也は取引してるところだって……相手は俊也の組織の人で、きょう、むこうのほうから一千万円で引き取るって連絡があったと」

「俊也はそいつと交渉してたのか」

美和が首をふった。

「値切られるのがいやで、俊也は連絡しなかったと聞いた。真衣さんは不安がってた。どうして、俊也が覚醒剤を持ってるのを知ったのかって」

「俊也はそのことを相手に訊かなかったのか」

「わからない。けど、俊也は上機嫌になったそうよ」

「ばかなやつ」

吐き捨てるように言い、詩音は水割りを飲んだ。

雅人は水を口にした。

「覚醒剤は俊也が持ってるって」

いかにも自信なさそうな口調だった。

「ほかには」詩音が訊く。「ゆっくりでいいから思いだしな」

「わたし、別れさせるつもりで、三十万円を渡した」

詩音があきれたような表情を見せた。

「ごめんなさい。よけいなまねをしなければ……」

「関係ない。カネはおまけさ」

雅人もそう思う。バッグの中身を見ればあきらかだ。が、疑念もある。真衣の頭の中にはほかの選択肢もあったのではないか。真衣が覚醒剤を持っているというのは自分の推論にすぎない。覚醒剤は俊也が持っている可能性も否定できない。

美和が口をひらいた。

「真衣さんがおカネを受け取ったあと、そのケータイに電話がかかってきた」

「誰から」詩音の目が鋭くなった。「真衣はどうした」

「俊也の番号だと言ったけど、でなかった」

「理由を聞いたか」

「うん。俊也とはワン切りしてかけ直す約束だったみたい。そのあと、真衣さんは気分が悪くなってトイレに行った」

詩音が携帯電話の着信履歴を確認する。番号は〈俊也〉の名前で登録してあった。

「三回かかってきてる。五、六分おきに」

「ごめん。気づかなかった」

「気にするな」言って、詩音が顔をむけた。「どう思う」

「ブツは真衣が持ってると俊也が吐いたか、俊也のケータイを見て、誰かが鳴らした。どっちにしても、俊也はあぶない状況にある」

「そうね」

詩音が椅子にもたれて腕を組む。瞳があわただしく動く。

雅人も思案した。が、妙案がうかばない。石川に真衣の捜索を頼めば、それは覚醒剤の放棄を意味する。それでは詩音が納得しない。詩音に覚醒剤を諦めさせたいけれど、できることなら本人の意思でそうすることを願っている。

詩音が腕組みを解いた。

「美和、何時の約束だった」

「八時よ。でも、十分くらい遅れて来た」

詩音が視線をふった。

「お婆さんの家を出たのが六時半として……車でここまで何分かかる」

「三、四十分かな。けど、タクシーには乗らないだろう。カネにこまってたんだ」

「そうね。経堂駅からお婆さんの家まで十分ちょっとだった。電車に乗って約二十分……新宿駅から約十分か……一時間くらいはかかりそうね」

雅人は黙って聞くしかなかった。

首都圏の私鉄電車には乗ったことがない。地下鉄もほとんど利用しない。三好組では組長の運転手だった。それ以外のときはバイクに乗っていた。堅気になってからは自宅と店の往復の日々だからJR中央線でことたりている。

「三十分ほどの空白か」

雅人のつぶやきに、詩音が反応した。

「ネットカフェか」

「そんな」美和が目をまるくした。「ありえない。あそこは刑事が見張ってる」

美和がネットカフェのフロントでのことを話した。

「以前に声をかけられた石川か、きょうの昼に来た塚田なのかわからないけど、フロントの脇の事務室に刑事がいたのは間違いないわ」

「どっちだと思う」

「塚田だな」雅人は、詩音の問いに即答した。「石川はNシステムに夢中だ」

「そうね」

雅人は美和に話しかけた。

「事務室に何がある」

「防犯カメラのモニター……刑事はそれを見ていたと思う」

「おまえと真衣はおなじフロアか」

「真衣さんの部屋はひとつ下の階です」

「おまえはその防犯カメラを見たことがあるんだな」

美和が頷いた。

「モニターは十六分割だった。玄関とフロント、エレベータと各階の通路が映ってた」

「それなら真衣に気づかない可能性もあるな」

「あっ」美和が声を発した。「真衣さん、つばのひろい帽子を被ってた」

詩音と目が合った。詩音も失念していたようだ。


路上に出てすぐ、詩音が足を止めた。

「待って。真衣が取引に応じたかどうか、確かめる」

詩音が真衣の携帯電話を手にし、ビル陰に移動した。

あとに続き、雅人は声をかけた。

「俊也のケータイを鳴らすのか」

「そう」

「やめたほうがいいんじゃないか」

「どうして」

「成田がでたらまずいだろう。声でばれる」

「そのときは切る」

詩音がハンズフリーにし、音量をさげた。一回の着信音で相手がでた。

《真衣か》

「あんたは誰よ」

《誰でもいいだろう》声が若い。《俊也を取りにこい》

「あいつは要らない。おカネがほしい」

《たいした女だぜ。いいだろう。どこで会う》

「人がいるところ……ホテルのバーはどう」

《ふざけんな。パクられに行くようなもんだ》

「考えて、かけ直す」

詩音が通話を切った。

路地を曲がると新宿三丁目の交差点が見えた。

詩音が美和の肩に手をのせた。

「美和は先に入って、自分の部屋に戻るんだ」

「詩音さんは」

「刑事が出てくるか、確認する。そいつが美和のあとを追えば、その隙に真衣の部屋に行く。出てこなくても真衣の部屋に直行する」

「それから、わたしはどうするの」

「部屋にいな。電話する」

詩音が足を速めた。信号機の青が点滅を始めた。

ネットカフェの玄関に着いた。

詩音は周囲を見渡し、玄関の向かい側の、ビルの狭間に立った。

美和が苦笑した。

「どうした」

詩音が言い、美和は首をふった。

「詩音さん、気をつけて」

美和がネットカフェに入る。

雅人は目を凝らした。美和が通路から消えた。

「行くよ」

詩音が声を発した。同時に、手を握られた。

カップルを装ってエレベータに乗る。詩音の行動は予測できた。

フロントはカーテンで閉じられ、カウンターに〈CLOSE〉の札が置いてある。エレベータが降りてくる間も人はあらわれず、事務室のドアも開かなかった。

エレベータに乗って気づいた。つないだ手が汗ばんでいる。

「あんた、頼もしいね」

詩音が目を細めた。

扉が開く。手を放し、詩音が先を歩いた。ドアの前に立ち、暗証番号を押す。

雅人は黙って見ていた。おまえも度胸がある。胸でささやきかけた。

詩音がノブに手をかける。

寸前、ドアが内側に開いた。

「あっ」

女が声を洩らし、目を見開いた。

とっさに、雅人は女の口を手でふさぎ、そのまま中に押し込んだ。

★　　★

《美和が戻ってきました。ひとりです》塚田の声がはずんだ。《最上階の部屋に入って三

分が過ぎたところです。自分はモニターの前にいます》

「前後に美和の部屋を訪ねた者はいないのか」

《はい。通路を歩く者もいません》

「一階の出入口は」

《美和は正面玄関から入りました。そのときもひとりでした》

「よし。モニターでの監視を続けろ。俺はそっちにむかってる」

石川は、携帯電話を折り畳み、上着のポケットに収めた。区役所通り沿いの風林会館の傍らを歩いていたときに電話が鳴った。

新宿区役所の前を通り過ぎ、靖国通りを渡る。新宿三丁目交差点の手前の路地を左折した。歌舞伎町とは異なる風景の飲食街は若者の笑顔が目につく。

ごく普通の若者たちだ。彼らの日常は知らない。日常の中に潜んだ何かが唐突に暴れだして犯罪に走る。そういう若者を何人も見てきた。感情が脳を伝わらず行動に直結する。理由なき犯行のように語る見識者もいるが、石川はそう思わない。

だが、犯罪者の深層心理や犯罪の背景を知ろうとも思わない。ましてや、自分が職務で対峙《たいじ》する連中は暴力団なのだ。クズを相手の稼業。己にそう言い聞かせている。

そういう意味では楽な稼業だ。腐れ縁のやくざ者を騙そうとも裏切ろうとも良心の呵責《かしやく》はかけらもめばえない。誰からも非難されるいわれはない。

それなのに、いまは違った感覚がある。雅人という男のせいかもしれない。なぜ雅人は縁もゆかりもない詩音のために行動しているのか。美和もそうだ。

雅人や美和への疑念は、顔を合わせたこともない詩音への興味につながっている。

ネットカフェの事務室に、塚田はひとりでいた。

「従業員はどうした」

「ロッカールームで休憩しています」

塚田がフロントとは逆方向のドアを指さした。

石川はパイプ椅子に腰かけ、モニターを覗いた。

「階段のほうも見てたか」

「はい。非常階段ですが、各階の踊り場にダンボールが積んであります。火事や地震がおきないかぎり、利用する者はいないでしょう」

「美和が戻ってきたときの映像を見せろ。玄関とエレベータ、最上階の通路だ」

塚田がマウスを操作する。

「止めろ」

声を張った。

エレベータにカップルが乗っている。

石川は目を皿にした。エレベータの扉が開く。真衣の部屋のフロアだ。

「このフロアの通路を映せ」

間違いない。男は雅人だ。女は詩音か。美和でも真衣でもないのはわかる。女が真衣の部屋の暗証番号を押し、二人は中に入った。様子がおかしい。女はおどろいたような顔をし、雅人は飛び込むような動きを見せた。

石川は唸《うな》った。

「この通路とエレベータの映像を巻き戻せ」

塚田が手を動かした。

「そこだ」

エレベータに帽子を被った女が乗った。

「見覚えはあるか」

塚田が首をかしげた。

帽子の女は雅人らとおなじ部屋に入った。

「真衣ですか」か細い声で言う。「すみません。ほかの階は散漫になっていました」

拳が固まった。

「早送りしろ」怒気がまじった。「この通路だけでいい」

帽子の女は部屋から出てこなかった。カップルもまだ部屋にいる。

「北原警部補に連絡し、大至急、二人ほどよこしてもらえ。それ以上は邪魔だ。俺の要請だと言え。それで説明は省ける」

「そのあとは」

「この部屋だけを見てろ。電話中もだ」

言って、石川は事務室を出た。エレベータは三階に停まっている。ボタンを押した。


真衣は壁を背にしていた。その前に、女がいる。

「山口詩音だな」

頷くのを見て、石川は中央に胡坐をかいた。

ドアを開けた雅人が横に座る。

「ほれ」

詩音が石川の前に覚醒剤を放った。ビニール袋で二重に包んである。

「何グラムか減ってるみたい。この女が食ったんだろう」

石川は視線を移した。

真衣がぶるぶると首をふる。左頬が赤く腫れている。

石川は真衣に話しかけた。

「仔細《しさい》は署で聞く。俊也はどこだ」

「知らない」声がふるえた。「ほんとうよ。わたしは……取引にかかわってない」

「俊也を見捨てて逃げようとしたのさ」詩音が言った。「覚醒剤はネットで売るつもりだったと……ばかな女だ」

インターネット上では覚醒剤もドラッグも拳銃も、まるで日用品を売買するかのように扱われている。

「車の位置を特定できなかったのですか」

雅人が訊いた。

「歌舞伎町のどこかだ」

見当はつけているが、教える筋合いはない。

「こいつといる」

詩音が、真衣の携帯電話のディスプレイを見せた。着信履歴の上三つはおなじ番号で、真衣によれば、俊也の携帯電話のそれだという。いずれにも非通話の印がある。詩音が発信履歴に変える。一番上はおなじ番号だ。

「電話したのか」

「した。俊也じゃなかった」

「どんな感じだ。やくざか」

「たぶん。話したのは若そうな男だった」

「なにを喋った」

「取引を持ちかけた。そのときはまだ取り戻してなかったけど」

「なんて女だ」あきれて言った。「むこうは乗ったのか」

「そりゃ乗るさ。一キロの覚醒剤だもん。けど、かけ直すって、こっちから切った」

詩音が平然と言った。刑事を前に気後れしている様子はまったく窺えない。

「これを持って、どうして逃げなかった。その時間はあったはずだ」

「雅人が怒る」詩音が目元を弛めた。「世話になったからね。で、あんたがくるのを待ってた。かしこい刑事なら駆けつけるだろう」

詩音が煙草に火をつけ、天井にむかって紫煙を吐いた。

床に二つの携帯灰皿がある。石川もくわえた。消防法など気にしない。応援の連中がくるまでここにいるつもりだ。詩音も真衣も逃亡のおそれがないのは感じている。

「教えてくれないか。乱暴な喋りは別にして、普通の女に見えるおまえが、どうしてあぶない橋を渡ったのか」

「社長にそそのかされた」

「街金の近藤か」

「そう。安い給料でこき使われて割が合わないって、いつも愚痴ってた。わたしもおカネがほしかったからね。入念に準備したのに、計画が狂った。店長の平野が戻ってきて、ばったり……そのあとは、知ってのとおりさ」

「盗んだブツはどうするつもりだった」

「わたしが捌く予定だった。だから、分け前の一部を先にもらった」

石川は、目の端で雅人が頷くのを見た。そのカネに心あたりがあるようだが、いまは覚醒剤にしか気がむいていない。訊問を続けた。

「相手は」

「キャバクラにいたころの客よ」

「やくざか」

「新明会の成田ってやつ。知ってんだろう」

「……」

声がでない。横を見た。雅人は笑いを堪えていた。

「雅人に聞いたよ。俊也は成田の下にいたって」

「そんな偶然が……」

語尾が沈んだ。ややあって、頬が弛んだ。一網打尽。四文字熟語がうかんだ。

ドアをノックする音がした。

ネットカフェを出た。ひんやりとしている。くるときは感じなかった。

「あの三人はどうする」

北原が訊いた。

上司がみずから出動するとは思っていなかった。ささやいた金星が効いたのか。専従班の二人を従えて乗り込んで来たのだった。

雅人と詩音と真衣は覚醒剤所持の容疑で新宿署に連行、美和には任意同行を求める。残った同僚の三人は、そのための簡単な訊問を行なっている。

「とりあえず、井上真衣を覚醒剤所持の現行犯で逮捕してください。真衣には覚醒剤使用の疑いがあります。斉藤雅人と山口詩音は事情聴取に留めてくれませんか」

「ぐるじゃないのか」

「本人らが供述するでしょう」

「やけに楽観的だな」

「そういうわけではありませんが、一キロのブツの出処を知るには雅人と詩音の協力が必要です。金星を逃がしてもいいのですか」

「逃がすもんか。おまえの言うとおりにする」

北原が電話で指示し、また話しかけた。

「どこへ行く」

「大金星を取りに……専従班は飽きました。本籍地に戻りましょう」

「いいね」北原が顔をほころばせる。「俺も行く」

「拳銃《チャカ》は持っていますか」

「ん」

「物騒な場所です。山岸組がかかわっていると思われます」

「おまえ、大丈夫か」

北原は、山岸組の武見との腐れ縁を知っている。

「縁の切れ目になるかも……三つ目の金星もほしいですか」

「欲はかきたいが、いまのところはおまえが下にいてくれるほうが助かる」

北原が真顔で言った。

「縁が切れるか、切れないか……行けばわかります」

「へたをすれば監察官室に呼ばれるぞ」

「ご心配なく。パクられても、武見は謳《うた》いません。根っからのくずですからね」

「ほう。そういう見方もあるのか」

新米刑事のころはそれで手を焼いた。末端の組員でも黙秘を通す者が多かった。近ごろのやくざ者はあきれるほどよく喋る。無言の懲役が勲章ではなくなったのだ。

靖国通りに出た。横断歩道を渡れば区役所通りに入る。

「ほんとうに行くのですか」

「やめとく。殉職はしない。肝に銘じてる」

「ご立派なことで。けど、線香の用意はしといてくださいよ」

「行く先を言え。手配する」

石川は、メモ帳に走り書きし、ちぎって渡した。

「十五分後、現地着で」

サイレンを鳴らせば、新宿署から現場まで五分あれば到着する。

「ずいぶんのんびりだな」

「準備があります」

「いいだろう。応援が着く前に死ぬなよ」

言い残し、北原が引き返す。

石川はゆっくりと横断歩道を歩いた。

「ブツは諦めてくれませんか」

「……………」

「詩音も……先ほど、覚醒剤所持で現行犯逮捕されました。所持していたのは別の女……

詩音から預かり、俊也と持ち逃げした女です」

武見が口をゆがめた。見る見る赤鬼の面相になる。

「それで、俺への筋が通るんか」

「新明会は潰します」

「本気か」

「ええ。俺を、ラブホテルに入れたら片がつく」

「それでは、俺の面子が……」

「ためらう時間はありません。なんなら、新宿署の内通者《クサレ》に聞いてください」

「家宅捜索《ガサ》が入るんか」

「準備をしているころだと思います」

「止められんのか」

「むりです。専従班はごまかしが利きません」

「くそ」

武見が毒づいた。

「下で五分待ちます。その間に段取りをお願いします」

サイレン音がおおきくなる。三、四台か。

駐車場から勝が出てきた。口を硬く結び、足早に去った。

あとに四十代半ばの女が残った。武見のフロントの愛人で、『流星』の経営者だ。

先頭のパトカーが停まる。三人の制服警察官が路上に飛びだした。駐車場の奥の扉を開け、階段を降りる。女が暗証キーを押した。

「あんたは戻れ」

女に言い、石川は鉄扉を引き開けた。

男が吊るされていた。うつむいているが、俊也とわかる。顔は血で汚れていた。

「なんだ、てめえ」

怒声を発し、左右から男が突進してくる。

「やめろ」

どすの利いた声が響いた。右側のソファに座っているのは新明会の成田だった。

制服警察官に続き、私服の男どもが入ってきた。

「男を降ろせ」専従班の同僚が声を発した。「むこうもだ」

彼が指さした先、小太りの男が椅子に座っている。

石川はソファに腰をおろした。

「誰だ、あいつは」

「知らん。先客だ」

街金の近藤か。そう思うが、成田には無関係の男なのだろう。

「救急車の手配を」

ジャンパーを着た男が指示した。制服警察官らの動きがあわただしい。

「監禁および傷害の容疑で現行犯逮捕する」

「なんじゃ、こら」

わめく若者があっけなく床にねじ伏せられる。別の男は抵抗しなかった。

手錠を打つ音が反響した。

成田が顔をむけた。

「武見さんが売ったんか」

「大量のブツを持ってた女を、新宿の路上で現行犯逮捕……俊也の名前がでた。俊也が車に乗るところを目撃されたのは知ってるな」

「ああ」

「Nシステムと防犯カメラでここを特定した」

ある程度の警察情報の漏洩《ろうえい》は仕方ない。武見への、せめてもの配慮だ。

「そうかい」

成田が両手で太股を打ち、立ちあがろうとする。

それを制した。

「詩音を知ってるか」

「ああ。あの子は無事か」

「保護した」

「保護……」成田があきれたような顔をした。「そいつはいいや」

「キャバクラで知り合ったそうだな」

「妙な女だった。あの子といると元気になった」

「どうしてすぐに取引をしなかった」

「気が乗らなくてな。覚醒剤の出処云々《うんぬん》じゃねえ。しのぎなんだ。そのためには身体も張る。けど……」成田が息をついた。「あの子の夢を聞いちまったからな」

「夢……」

「知らんのか」

石川は頷いた。

「それを聞かなけりゃ、押し倒してでも女にしてた。あの子が男なら舎弟だな」

成田が表情を弛めた。

石川は肩をすぼめた。この状況でたのしそうに話す成田の心中を察した。

同僚が近づいてきた。

「打ちますか」

答える前に、成田が立ちあがり、両手を差しだした。

鑑識係の連中を残し、地下室を去った。

駐車場の出入口に立ち、煙草をくわえる。

むかいのマンションから坊主頭の男が出てきた。勝だ。

路上には二台のパトカーと８８ナンバーのセダン、青色の車両が停まっている。

石川は紫煙を吐いた。胸がざらざらする。

「武見はいるのか」

返事はなかった。

勝が目を合わせたまま接近した。

気配を察した。が、身構える時間はなかった。

左の太股に衝撃を受けた。視線をおとす。ナイフが刺さっている。

「行け」

石川は低く言った。

「ほんもののやくざになると言ったはずです」

しっかりとしたもの言いだった。

「すみません」

勝が腰を折った。

気づいた制服警察官が駆け寄ってきた。

石川はナイフの柄を摑み、歯を食い縛った。ぬいた瞬間、膝が崩れそうになった。

★　★

アクリル板のむこうに詩音があらわれた。元気そうに見える。

留置係の担当がドア口に立つ。

美和がアクリル板に顔を寄せた。

「詩音さん、大丈夫」

「平気さ」

「着替えと差し入れ……詩音さんの好きな鰻重《うなじゅう》を持ってきた」

「ホットドッグじゃないのか」

詩音が視線をずらした。

雅人は壁にもたれている。

「出たら、好きなだけ食わしてやる」

詩音がにっこりし、美和に視線を戻した。

「迷惑をかけたね」

「なに言ってるの。わたしこそ、ごめん。なんの役にも立てなかった」

「そんなことはない。美和は、わたしの守り神……聖女《マドンナ》さ」

「詩音さんのほうこそわたしの……」

「ばかだね。こんな汚れた聖女がいるもんか」

「詩音さん」美和が声を張った。「アメリカに行く支度をして待ってる」

「何年先のことか」

「十年でもいい。その間におカネを貯めて、詩音さんを連れて行く」

「担当さん」詩音が美和を見たまま声をかけた。「戻ります」

詩音が椅子を蹴るようにして背をむけた。

「ほんとだから……」

美和が叫び、アクリル板に両手をついた。

ドアが開く。詩音がふりむいた。目が光っている。

「美和、あそこを出るんだ。薬もやめろ」

詩音が消えた。

つかの間の静寂のあと、嗚咽《おえつ》が洩れた。

階段で一階に降りた。

ロビーの長椅子に石川を見た。目が合うと、石川がほほえんだ。